靈能之森

04 天海一決

without destruction
there can be no construction

七夜茶 × 嵐月

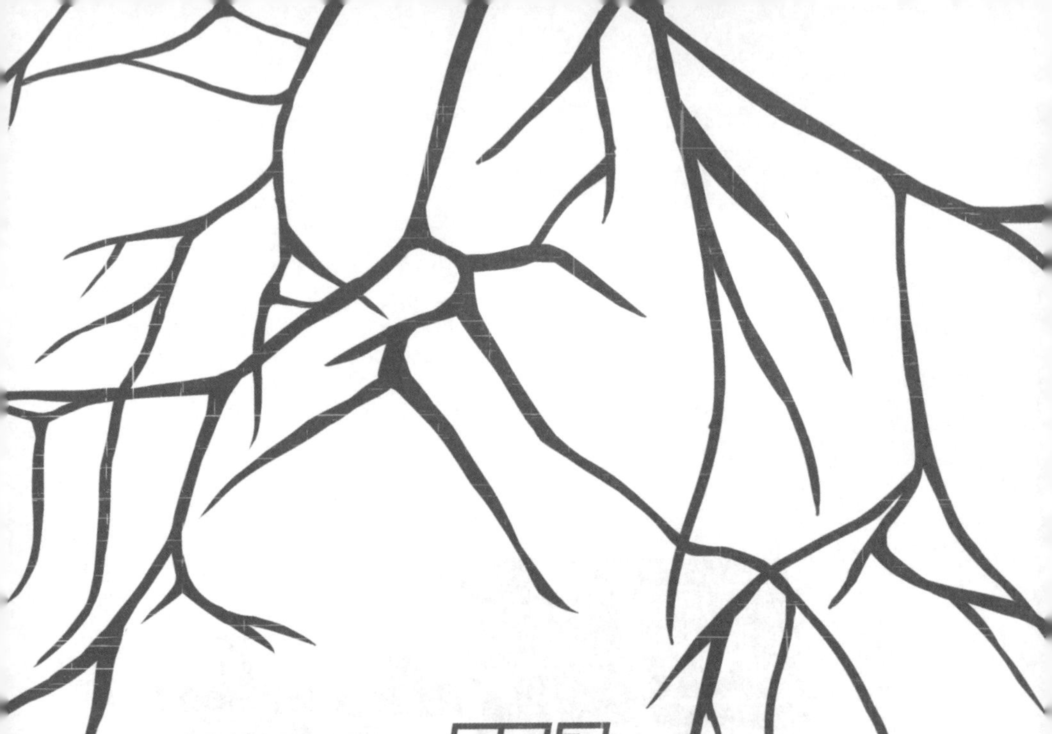

content

目錄

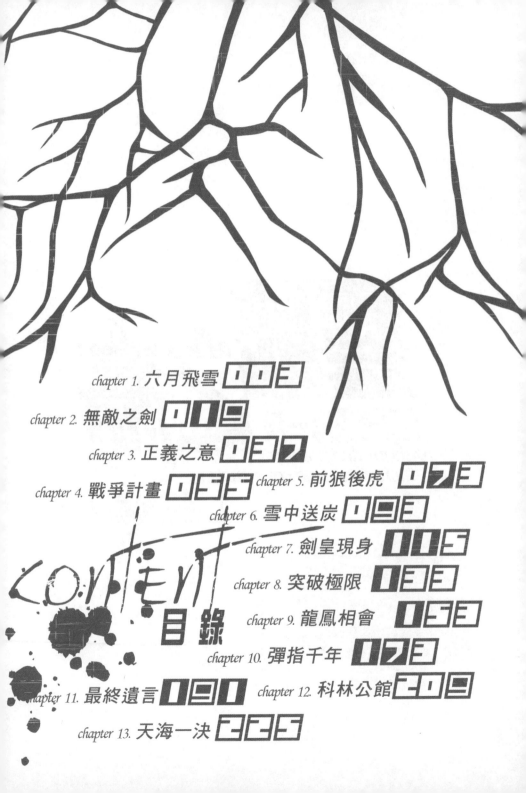

001 六月飛雪

紅島市有一半的邊境線臨海，是典型的溫帶海洋氣候。夏季時分，雖然市內的氣溫不是很炙熱，但潮熱的空氣卻讓人氣悶。

龍耀默默的走在回家的路上，低頭回憶著一年來的變化，內心平靜的像是無波的古井。他在一年前的這一天，也曾做過相同的姿勢，但那時心中卻滿是忐忑。

因為今天是暑假返校的日子，目的就是公布期末考試的成績。一年前的龍耀因為不愛用功，所以成績是班中的最後一名；而今年的龍耀依然不愛用功，考試成績卻是全市的第一名。

龍耀將右手稍微攤開，露出一個紅色的圖案，一個圓環圍繞著一棵樹。這個圖案名為靈樹印記，它就是龍耀改變的原因。擁有這種靈樹印記的人，便會擁有超自然的能力。

龍耀是在一年前擁有靈樹印記的，他的靈能力是提升智商和操縱靈氣。他的智商提升的比例是100%，一舉躍入史上最高智者的行列。同時，操縱靈氣也帶給他神奇的能力，就像漫畫裡的超級英雄一樣。但龍耀在享受這些好處的同時，靈能力也為他帶來不少危險，屢次讓他陷入九死一生的境地。

龍耀沉浸在自己的世界之中，權衡著這一年裡的得與失，完全沒有在意周圍的情況。

葉晴雲亦步亦趨的跟在龍耀身後，手裡握著兩只冰淇淋甜筒想要搭話，但一時之間又找不到合適的機會。

傍晚的熱浪從海岸處滾滾而來，就像是蒸籠裡噴出的熱氣一般，整座城市都沉浸在桑拿浴中。路上的行人全是一副無精打采的樣子，連停在枝頭的麻雀都耷拉下了翅膀。

可忽然，一陣清涼的風搖動起了樹梢，麻雀趁勢「吱吱」的鳴叫了起來，路人的精神為之一振，不自覺的露出了舒暢的笑意。

潮氣騰騰的路景頓時一變，好像涼爽的春天又回來了。

可惜好景不長，涼風越來越烈，最後竟然變成寒風。太陽由灼亮的金黃色，變成了暗淡的絳紅色，像是一塊即將燃燒殆盡的煤塊。氣溫瞬間降到了零度以下，原本的潮氣變成了凍霧，四周的樹木掛滿了霧淞。

行人們不約而同的打起寒顫，雙手抱肩在馬路上奔跑起來。葉晴雲手中兩只原本快要融化的冰淇淋，如今竟然凍結的如同臘月裡的冰錐一般。

「啊嚏！」葉晴雲受不了這種寒冷，哆嗦著肩膀打起了噴嚏來。

龍耀突然從深思之中甦醒過來，扭頭看了一眼跟在身後的葉晴雲，道：「班長，妳怎麼會在這裡？」

「我、我、我從放學後，一直就跟著你。」葉晴雲道。

「跟著我幹嘛？」

「想請你吃冰淇淋。」葉晴雲舉起了手中的甜筒。

龍耀接過冰淇淋捏了捏，又抬頭掃視了一眼四周，道：「我只發了一會兒呆，就到世界末日了嗎？」

001 六月飛雪

「龍耀，不要開玩笑了！這天氣絕對不正常。」葉晴雲哆嗦著肩膀道。

葉晴雲雖然也是靈能者，但卻屬於後勤支援型的，所以體質跟普通人相近。龍耀將校服脫了下來，輕披在葉晴雲的身上。他現在只穿著一件襯衫，但並沒有感覺很難熬。

「攝氏零下5.6度了，氣溫降得好快。」龍耀感嘆道。他擁有操縱靈氣的能力，對靈氣的變化十分敏感，體感的溫度比儀器測得還準。

第一片雪花跟隨著寒風飄下，搖搖晃晃的落在龍耀臉上，閃爍著鑽石一般晶瑩的光。龍耀用手拈了下來，放在眼前仔細的看著。當龍耀把視線再投向前方時，見漫天飄舞的盡是鵝毛大雪，轉瞬間就染白了城市的街景。

「六月飛雪？」龍耀驚訝的向前邁了一步，發現積雪已經沒掉腳踝了，「下得好快啊！」

「龍耀，這一定是魔法引起的。」葉晴雲道。

「魔法？難道是白冰回來了？」

白冰是魔法協會的冰系魔法師，半年前被龍耀重傷於日本東京，歸來報仇是或早或晚的事情。白冰是北歐維京古國的公主，血液中流淌著世代積累的冰雪力量，所以讓葉晴雲由飛雪聯想到她。

但是龍耀馬上發現情況並不是這樣，因為這次的降雪規模實在太大了。雖然白冰有著出色的天賦，但畢竟她的年齡只有十幾歲，還不足以發動這種級別的魔法。

就在龍耀沉思的時候，空中的烏雲破裂開了。一柄冰劍如同擎天之柱一般，直直的砸向了龍耀的頭頂。

「龍耀，小心！」

葉晴雲驚叫了一聲，撲過來想推開龍耀。

但龍耀在千鈞一髮的時刻清醒過來，發動起「一氣化三清」的道訣，身形如幻影般的搖了一下，用靈氣幻化出一個替身。替身在被冰劍砸成碎片的同時，龍耀的真身抱起了葉晴雲，像是羽毛似的向後飄了出去。

冰劍深深的砸在馬路中央，閃爍著如同鑽石似的清輝，冰冷的寒氣繞劍身飛旋著。冰劍的表面並不是鏡面，而是由許多突起的稜面組成，光滑的稜面反射著四周的光。龍耀的雙眼投影在劍刃上，又透過反射映回到龍耀眼中。

此時，龍耀有一種被窺視的感覺，好像那把冰劍是一扇窗戶，窗後正坐著一個凝視的人。龍耀將葉晴雲放到身後，眼神冷峻的瞪著冰劍，就像在與對手對視一般。冰劍輕輕的震動了起來，劍刃上發出尖銳的嘯響，就像北極風在咆哮似的。

「銳利的眼神，不凡的身手，值得本皇出手。」冰劍上的嘯響組成了話語。

「你是誰？」龍耀問道。

「先接我一劍，我便告訴你。」冰劍上傳出如此的回答。

冰劍突然向著龍耀推進過來，劍刃如同農田裡的耙犁一般，將平整的瀝青路一分為二。龍耀伸出右手向前方一抓，五指按在了粗糙的劍刃上，發動起「奪天地一氣」的靈訣。

天地間的氣息頓時一變，接著便匯聚向了龍耀，冰劍中的魔氣也不例外，同樣也被龍耀吸收掉了。但失去了靈氣之後的冰劍，卻散出更駭人的危險氣息，就像拔掉了保險栓的手榴彈。

劍身上突然出現幾道裂紋，接著分裂成了十柄小劍。十柄小型的冰劍排成圓形的陣列，以彈簧一般的螺旋軌跡飛出，如同火箭彈似的襲向了龍耀。

龍耀右手攥著剛吸收的靈氣，在雙掌間揉搓交融一下子，掌間頓時出現一個太極圖。龍耀將手指向著袖中一探，夾出了藏在袖中的伏羲九針，準備發動「袖裡藏龍」的招式了。

白色的太極圖案一閃而滅，同時伏羲九針飛彈了出來，目標是十把冰劍的劍尖。但冰劍的主人似乎早有所料，冰劍竟然在空中劃出了詭異的曲線，以微末的差距躲開了伏羲九針的截擊。

但龍耀的招式之中也是藏有後手的，伏羲九針的尾部都捆著一根龍涎絲，龍涎絲的另一端連在手指上。只要龍耀輕輕的彈動手指，就可以遙控飛出去的九針。

龍耀看到冰劍變換了方向，便將雙手的掌根對接在一起，十指微曲著箕張向正前方，擺出了巨龍張嘴的形狀。

等到冰劍襲近的一瞬間，龍耀猛的旋轉一下雙掌，伏羲九針應勢旋轉起來，在半空中攪起一陣旋風。

滾滾的烈風捲起漫天的冰雪，夾在其中的龍涎絲時隱時顯，在撩亂之中織出一條巨龍的身影。由靈力組成的巨龍昂首擺尾，將飛到身前的冰劍咬成碎片，接著衝擊向空闊的天空，將頭頂的烏雲撞出一個空洞。

但就在巨龍消失的一瞬間，一柄漏網的冰劍忽然刺出，劍尖直指向龍耀的胸口。這一招明顯是有備而來，看來對方早就知道龍耀的破綻。

龍耀可以同時彈出十根龍涎絲，但伏羲九針的數量卻少了一根，所以「袖裡藏龍」的招式中有一個空缺。但這個空缺並不是那麼好抓住的，因為伏羲九針掀起的風暴十分緻密，就算有一個空缺也不會十分明顯。

要攻擊「袖裡藏龍」的疏漏之處，一是要有能壓制住龍耀的靈氣，二是要明確的知道這一破綻。甫一出手就針對龍耀的弱點，看來對方早就有所準備了。

「咦！」龍耀驚訝的瞪大了眼睛，眼望著近在咫尺的冰劍，但身體卻已來不及閃避了。

就在這千鈞一髮的時刻，葉晴雲發動了自己的靈能：「時間停滯吧——」

隨著葉晴雲的這一句話，面前的冰劍突然定格住了。

葉晴雲的靈能是讓時間放慢，放慢到幾乎停止不動的地步，而且她還可以憑藉意志，讓某些人不受這種影響。葉晴雲在發動了靈能力之後，立刻選擇讓龍耀不受影響。龍耀向著旁邊輕輕一閃身，避開了冰劍穿刺的方向。

葉晴雲的靈能雖然強大，但卻不能長久的維持，所以在龍耀躲開之後，靈能力便馬上解除了。冰劍擦著龍耀的肩膀飛過，釘在了對面的一棵樹上，樹幹上立刻布滿了冰碴兒，接著爆裂成了碎塊。

葉晴雲心有餘悸的看著碎樹，而龍耀卻又出神的思考起來。

冰劍的主人沉默了一陣子，似乎是在回憶剛才的情況，然後以恍然大悟般的口吻，道：「原來，你身邊的女孩是一名時間靈能者啊！難怪避無可避的最後一劍，卻被你以詭異的速度躲過去了，不過，這不會改變你死亡的結局。」

對於這些挑釁的話，龍耀並沒有在意，只是淡然的說道：「報上你的名號吧！」

「我要說的話，都在這信中。」

這是對方的最後一句話，接著一封信夾著雪花飛來。

龍耀伸出兩指夾住了信封，見是粗糙的黃草紙製作的，封面上有一個太極圖案。信封中有一張白色宣紙，紙上只寫著兩行蒼勁的毛筆字——

日月同輝夜，天海一線決。針下寄恩仇，劍中問生死。

冰霜劍皇　約戰留書

葉晴雲偷瞄了一眼信紙，疑惑的問道：「什麼意思？」

「日月同輝夜，就是月亮已經升起來了，但太陽還沒有落下的夜晚。」龍耀道。

「還有這種時候嗎？」

「這種天象並不罕見，每月的農曆初七，是最為明顯的時候，那時太陽在正西方，而月亮卻在正南。」龍耀打開手機看了一眼日曆，道：「今天是農曆的初一，還有六天的時間。」

「那第二句呢？」

「在紅島市的東面，有一條狹長的海峽，就叫『天海一線峽』。這條海峽是紅島市的一道景觀，站在旁邊的觀海棧道上遠遠的望去，海峽正處在藍天和大海的分界線上。」

葉晴雲是三年前才搬到紅島市居住的，所以對本地的人文地理還不是很熟習。

「針下寄恩仇，就是指你打傷白冰的事情吧？」葉晴雲試著推測道。

「很有可能！劍中問生死，就是約我決鬥的意思了。」龍耀點著頭道。

「那這位『冰霜劍皇』又是誰？」

「上次打傷白冰的時候，張鳴啟曾提到過這人，冰霜劍皇是道門四大名鋒中的第三位。」

「道門四大名鋒？」葉晴雲的臉色忽然變得很難看，道：「龍耀，道門四大名鋒都是超一流的高手，如果對比靈能者的等級，他們至少都在LV6以上。」

龍耀的靈能等級是LV4.5，葉晴雲的靈能等級是LV4。靈能者的等級劃分很明確，每級之間都有很大的差距，LV4的靈能者與LV6的根本沒有可比性。

龍耀撥了撥額前的髮絲，沉思道：「但我不能逃避這場決鬥。」

「為什麼？」葉晴雲擔心的問道。

「冰霜劍皇剛一登場，就製造出這麼大的動靜，說明她是一個高調的女人，根本不怕觸犯玄門戒律。如果我有意迴避她的話，她恐怕會對我的家人動手。」

雖然話題是在談論生死決鬥的事，但葉晴雲卻被一個細節吸引，驚訝的眨動著好奇的大眼睛，道：「你怎麼知道冰霜劍皇是女人？」

劍皇的聲音是透過冰劍傳遞的，音調全是冰塊之間的震顫聲，根本聽不出音色是男是女。但龍耀卻分辨了出來，因為他有敏銳的聽覺，以及遠超常人的高智商。

「嗓音的音色雖然聽不清楚，但我能分辨出聲音的震頻。劍皇的聲音震頻大約有一千五百赫茲，擁有這麼高頻的嗓子肯定是個女人，而且還是一個年輕健康的女人。」

「冰霜劍皇竟然是個女人，道門真是藏龍臥虎啊！」葉晴雲感嘆了一聲，接著一陣寒風襲來，害她連打了幾個噴嚏。

龍耀看了一眼葉晴雲輕飄飄的校裙，道：「班長，妳先回家吧！」

「那你呢？」

「我要去一趟清游宮，探一探李洞旋的口風。」

「那我也一起去。」葉晴雲堅持道。

龍耀看了一眼瑟瑟發抖的葉晴雲，覺得讓她一人回家也不太好，便道：「那跟我走吧！」

龍耀沒有直接去郊外的山上，而是先到商場逛了一圈，給葉晴雲買了一件禦寒的外套。

葉晴雲進試衣間換上了新衣服，整理一番儀容後才慢慢的走出，在龍耀面前擺了一個姿勢，問道：「好看嗎？」

龍耀面無表情的站在對面，道：「妳只要把外套罩在身上就行了，幹嘛還要鑽到試衣間裡那麼久？」

「呃！」葉晴雲呆了一會兒，小嘴不悅的嘶了起來，道：「哼！一點也不懂女孩子的心意。」

龍耀無奈的搖了搖頭，扔出了一雙登山靴，道：「把妳的皮涼鞋換下來，上山的路可不好走。」

葉晴雲收拾停當之後，便摘掉了笨重的眼鏡。葉晴雲戴的板框眼鏡，大得幾乎遮住了半張臉，讓她看起來跟個書呆子似的。但葉晴雲其實並不是近視眼，她戴眼鏡的目的是為了低調，以便於隱藏靈能者的身分。

當葉晴雲卸掉了偽裝的眼鏡之後，一張天姿國色的俏臉便露了出來，跟剛才的形象簡直判若兩人。旁邊的售貨員只是轉了一個身，回頭便看到了另一種外貌的葉晴雲，愣在當場露出一副恍如隔世的表情。

龍耀又穿回了自己的校服，在售貨員眼前打了一個響指，道：「結帳。」

用信用卡付過錢後，龍耀又走向了電子區，道：「再去買點東西。」

「還需要什麼?」葉晴雲問道。

「遊戲機。」

「啊?」

龍耀在電子產品的櫃檯前，買了兩臺新款的掌上型遊戲機，還有一堆最新的遊戲光碟。葉晴雲對電子遊戲不感興趣，便在一旁看著電視牆上播放的廣告片。

位於商場顯眼位置的電視牆裡，由四十塊大尺寸的電視螢幕組成，上面正在播放著旅遊廣告，內容是介紹紅島市的各個旅遊景點。

葉晴雲看著美輪美奐的風景，幻想著與龍耀一起遊玩的場景，不經意間露出了一臉的傻笑。可忽然，葉晴雲的眼睛瞪得溜圓，震驚的表情取代了笑容。

葉晴雲想張口叫龍耀來看，但卻已經驚訝得說不出話了，只能伸手猛拍他的肩膀。龍耀奇怪的扭頭看過去，表情也在一瞬間變成震驚。

廣告片正在介紹東海岸的「天海一線」，海峽正中央立著一塊巨大的石頭，上面刻著幾個蒼勁的大字——

「日月同輝夜，天海一線決。針下寄恩仇，劍中問生死。」

龍耀重重的吞下一口唾沫，叫住了旁邊的一名服務員，道：「請問這段廣告片是什麼時候拍的？」

「應該是兩天前拍的夏景吧！」服務員道。

「海岸中央的石頭是怎麼回事？」

「這個我也不是很清楚，聽說在兩天前的深夜時分，這石頭突然從海中冒了出來。地質學家說是地殼變動，古代的沉石又浮出來了。」服務員聳了聳肩膀，道：「這石頭剛一冒出來後，大夏天的就飄雪了，你說是不是很古怪啊？」

龍耀沒有回答服務員的問題，默然的拉起葉晴雲的纖手，快步踏上了去清游宮的路。

「冰霜劍皇，妳到底想幹什麼？」龍耀的智慧已接近人類的極致，但仍猜不透劍皇的心思。

002 無敵之劍

玄門戒律的第一條就是「守秘」，不能讓普通人知道玄術的存在。可劍皇竟將決鬥的消息公布於眾，雖然絕大多數的普通人不會發覺，但事實上她依然違反了戒律。

龍耀和葉晴雲來到郊外的山區，前來拜訪在深山中修行的道門高人。但是，讓龍耀和葉晴雲料想不到的是，山頂清游宮的大門卻緊鎖著，門旁立著一個「外出修行」的告示牌。

龍耀將一隻手按在門扇上，閉目感應著裡面的靈氣，發現清游宮內空蕩蕩的。

「裡面一個人也沒有。」龍耀道。

「難道是聽到消息，所以躲藏起來了？」葉晴雲猜測道。

「很有可能！冰霜劍皇是道門四大名鋒之一，估計是李洞旋怕與她起衝突。」龍耀轉身想要離開，卻突然聽到了一聲異響。

「噭——噭——」兩聲狼嚎從密林中傳出，同時山中興起一陣林風。

葉晴雲被嚇了一跳，躲到了龍耀的身後，道：「是狼來了嗎？」

龍耀的耳朵輕輕聳動了兩下，道：「不！這不是狼的叫聲。」

「不是狼，是什麼？」

「是人。」

龍耀拉著葉晴雲走進密林，掃視著狹窄崎嶇的林間小道。林中的小路都是自然形成的，野生動物從樹木稀疏的地方走，久而久之就出現了茅草鋪墊的路面，但這些路並不適合人類行走。

葉晴雲搖搖晃晃的走了沒幾步，便一個趔趄撲倒在了草叢中。

龍耀淡然的看著前方，對趴倒在地的葉晴雲道：「班長，妳不行的話，就先回去吧。」

葉晴雲倔強的爬了起來，吐出嘴裡的草葉子，道：「不！我要跟你一起走。」

「後面的路更險峻。」

「我會堅持下去的。」

龍耀無奈的搖了搖頭，蹲身彎下了腰，道：「上來吧！我背妳。」

「啊！這……」

「別囉嗦了！妳走得太慢了，我不想浪費時間。」

「哦……」葉晴雲羞澀的答應一聲，趴在了龍耀的後背上。

龍耀在起身時掂量了兩下，又拍了拍葉晴雲的屁股，道：「體重49.36公斤。」

葉晴雲的臉頰上浮起兩朵紅霞，道：「就算你測得了我的體重，也不要隨口就說出來啊！」

「妳的身材屬於偏瘦型，肌肉的分量明顯不足。作為一個時尚女孩來說，這種體重很值得羨慕，但作為一個靈能者，妳的體質就很不合格了。」龍耀客觀的評價道。

葉晴雲對自己的身材是很有自信心的，聽龍耀做出如此評價，便有些醋意的問道：「那你身邊的女孩子，哪一個的體質合格啊？」

「莎利葉就很合格。」龍耀一口回答道。

「她、她……她不是人類。」

「人類嘛……」龍耀思考了一會兒，道：「沒有一個合格的。」

「啊？」

「我真希望身邊有一個武鬥派的高手，能在戰場上給予我直接的援助。」

葉晴雲趴在龍耀的後背上，內心中突然有一絲傷感。是啊！當她面臨危險的時候，她可以依靠龍耀的後背，但當龍耀遭遇危險的時候，他又能去依靠誰的後背啊？

現在，龍耀缺少的是一個並肩作戰的戰友，一個能讓他把後背安心託付出去的夥伴。而葉晴雲雖然有心，她的體質卻遠遠不足。即使她在校運會中經常拿第一名，但這只是在人類之中的比較，在奇詭莫測的玄門戰場上，她的體質根本不值一提，連對方的一招也接不住。

「嗷——」

野狼的嚎叫聲再起，將葉晴雲驚醒過來。

龍耀感覺葉晴雲收緊了手臂，不過她的手臂真的很無力，連脖頸外側的動脈都無法卡住。

龍耀無奈的搖了搖腦袋，看向狼嚎聲傳來的草叢，道：「喂！你們兩個臭小子出來吧！我已經覺察到是你們了。」

草叢裡發出「窸窸窣窣」的響聲，兩個穿著道袍的小道童爬了出來，嘻嘻哈哈的笑道：「嘿嘿！師兄果然好厲害，一下子就找到我們了。」

這兩個小道童是李洞旋最喜愛的弟子，一個名叫侍劍，一個名叫奉鈴。兩人之所以稱龍耀為師兄，是因為龍耀偷學了道門的《無字天書》，所以李洞旋強行把龍耀認成了徒弟，不過龍耀可從來沒有承認過。

「你們兩個裝神弄鬼的搞什麼？」龍耀問道。

「這是師父的意思，他吩咐我們守在這裡，說是一定可以等到你。」侍劍道。

「那你們師父呢？」

「師父接到了總壇的命令，帶著師兄弟們進山修行了。」

「總壇還管你們修行嗎？」

「以前從來沒有管過，這次的命令很古怪，師父也不告訴我們原因。」

「李洞旋在哪裡？」

侍劍伸手指向了一座山峰，道：「那裡。」

紅島市郊的這片山區雖然海拔不高，但連綿不斷的山脈面積卻非常大。從清游宮所在的小山峰向前望去，無數的小山頭隱藏在雲霧繚繞之中，就像是江水中時隱時顯的鯽魚似的。

龍耀沿著侍劍的手指看過去，見有一座青翠的山峰屹立在前，峰上飄蕩著一縷靈氣綽約的香火。

「師父還特別囑咐說，師兄不能走路過去，以防止被外人看到。」奉鈴補充道。

「我知道了。」龍耀輕輕的點了點頭。

侍劍又看向龍耀的背後，害得葉晴雲臉蛋漲得通紅，掙扎著想從背上爬下來，但龍耀卻沒有鬆手。

「師兄，這是誰啊？」侍劍調皮的問道。

「班長。」龍耀回答道。

「啊！好奇怪的名字啊！還有姓『班』的嗎？」

「有啊！《漢書》的作者班固，你們沒有聽說過嗎？」

兩個小道童一起搖頭，道：「還是師兄有學問啊！」

「哼！李洞旋這老道只知道唸經，也不教你們一些文化課程。」

「不過就算有『班』這個姓，但名字叫『長』也很奇怪啊！」侍劍望向了奉鈴，後者點頭贊成。

葉晴雲的俏臉扭曲成一團，終於忍不住大吼了一聲，道：「我的名字是『葉晴雲』，是龍耀的班長。」

兩個小道童嚇了一跳，偷偷的望向了龍耀，低聲道：「難道是師兄的女朋友？」

葉晴雲的臉蛋一下子紅了，像所有羞澀的女孩子一樣，搖著手剛想出言否認一番。但龍耀卻搶先了一步，非常乾脆利落的說道：「不是。」

葉晴雲的表情一下僵住了，嘴巴慢慢的噘高了起來。

侍劍點了點頭，道：「我就說嘛！師兄的女朋友不會是這種普通人。」

奉鈴也附和了一句，道：「對！上次那個銀髮女孩才比較像師兄的女朋友。」

「不過師父說她不是人類，而是來自異世界的怪物。」

「那是師父老糊塗了，人家哪裡像怪物了？」

小道童所爭論的那個女孩，指的就是墮天使莎利葉。莎利葉是龍耀的召喚靈，曾經被李洞旋封印過，龍耀為此才與道門有了聯繫。

龍耀不想再提以前的事，便從腰後取出了遊戲機，道：「送給你們的。」

兩個小道童雖然跟隨李洞旋修行道術，但在心理上與同齡的小孩子沒有兩樣。這個年紀的孩子都對電子遊戲充滿了興趣，兩人抱著遊戲機興奮的大叫了起來，並對龍耀這個「師兄」喜歡得不得了。

「替我盯好李洞旋，如果他有什麼異樣，立刻打電話通知我。」龍耀道。

「師兄，放心吧！」兩人異口同聲的叫道。

龍耀告別了兩個小師弟，帶著葉晴雲走到峰邊，目測了一下對面的距離。葉晴雲低頭看了一眼山澗，上湧的山風吹得她頭髮倒豎了起來。

「龍耀，你倒是挺會收買人心嘛！」葉晴雲道。

「我這也是在幫助李洞旋，他有很多事自己不能做，但心裡卻想讓別人去做。」龍耀道。

「什麼意思？」

「比如這一次，肯定是總壇不讓他與我接觸，所以他才派小徒弟在此守候。如果讓總壇知道此事的話，他肯定難逃一個抗令不尊的罪名。」龍耀扭頭看了一眼侍劍和奉鈴，道：「但下一次他就不必冒這個風險了，因為那兩個小傢伙會搶先通知我的，且他們會因年幼而被免罪。」

「原來如此啊！你考慮的還真周全。」葉晴雲看了一眼山澗，擔心的問道：「我們怎麼過去？」

「飛過去。」龍耀道。

「啊？」

龍耀伸出一根中指，用力繃緊在拇指上，瞄準了對面的山峰。然後他猛的向前彈動手指，射出了一根龍涎絲。龍涎絲飛射出了幾百米遠，釘在一塊突出的岩石上。

龍耀一手抱住了葉晴雲的纖腰，另一隻手握著龍涎絲滑了出去，就像是飛翔在半空中一般。

「啊——」葉晴雲發出一陣驚呼，震顫著群山都在迴響。

龍耀平穩的到達了對面的山峰，將雙腿顫顫的葉晴雲放在地上，扭頭俯視向下方的紅島市區。從這個高度俯瞰下去，觸目皆是魚鱗狀的凍雲，就像是一張白布蓋在上空。

龍耀發呆的俯視著紅島市，直到一陣鳥鳴聲驚醒了他。龍耀拉起葉晴雲循聲走去，穿過一片茂密的竹林，終於見到了要拜訪的人。

李洞旋依然穿著褪色的道袍，戴著一頂垂著黑幔的竹斗笠，手裡握著一把鮮黃色的粟米，正在逗弄一群活潑的黃鸝鳥。黃鸝鳥因為突然降雪的緣故，正在為接下來的食物而擔憂，現在發現了這麼一個「糧倉」，便從四面八方的山峰上聚攏了過來。

但當龍耀的腳步踏上空地時，黃鸝鳥全都停止了鳴叫，繼而驚恐的撲翅飛走了。

李洞旋悵然若失般的望著鳥兒，道：「徒兒，你身上的戾氣太重，小鳥都被你嚇到了。」

「李洞旋，我沒工夫跟你打玄機，你先看一下這封信。」龍耀丟出了劍皇的決戰書。

「日月同輝夜，天海一線決……」李洞旋輕輕的點了點頭，道：「的確很有劍皇的風格。」

「這女人是怎麼回事？」

「你已經知道她是女人了啊？」李洞旋微笑著道。

龍耀觀察著李洞旋的表情，道：「你早就知道這件事了？」

「不錯！昨天，總壇已經知會我此事了！而且還命我進深山修行，七日內不得下山辦事。」

「劍皇的身分有這麼高嗎？就連總壇都要袒護她。」龍耀道。

「劍皇的身分比你想像的還要高出許多。」李洞旋意味深長的說道。

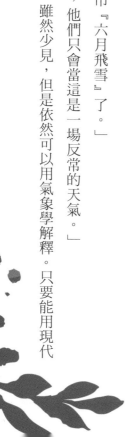

「既然她是道門的頂級劍客，那為什麼會替白冰報仇？」

「根據總壇給我的密令，我不能告訴你這個。」李洞旋輕輕的擺著手，又道：「不過，當你見到她時，就會明白一切了。」

龍耀狐疑的看著李洞旋，又道：「她觸犯了玄門戒律，你不打算制裁她嗎？」

「我可沒有制裁劍皇的權力。」李洞旋搖了搖頭，道：「而且嚴格的說起來，她並沒有觸犯戒律。」

「她改變了自然界的天氣，讓紅島市『六月飛雪』了。」

「但普通的市民並不會聯想到玄術，他們只會當這是一場反常的天氣。」

李洞旋這話說得很對，「六月飛雪」雖然少見，但是依然可以用氣象學解釋。只要能用現代科學的理論來解釋，那麼人類就不會朝超自然方面懷疑。只要普通人不覺得是玄術，那就不算暴露了玄門秘密。

對於李洞旋的狡辯，龍耀並沒有感到意外，繼續很淡然的詢問道：「劍皇的劍術有多高？」

「當今第一，舉世無雙。」李洞旋毫不吝惜讚美之詞。

「你這麼確定？」

「玄門之中，每十二年，有一次巔峰論劍，以爭奪劍皇之名。」

「哦！我還以為她的道號就是劍皇呢！」

「呵呵！她的道號叫做『冰霜』，論劍獲勝後才加上『劍皇』。」

「張鳴啟跟她比呢？」龍耀又問道。

「劍差一招。」

「只差一招？」龍耀突然感覺到一些希望，因為他曾與張鳴啟交過手，雖然實力比張鳴啟差一些，但卻憑策略能與他周旋一番。

但龍耀的希望之火才剛剛燃起，就被李洞旋的一句話給澆滅了。

「一招足以分生死。」

「你這個臭老道，說話不要大喘氣。」龍耀長舒了一口氣，又道：「她在道門四大名鋒中排第三，這麼說來，第一和第二的劍術更強了，那為什麼他們不參加巔峰論劍？」

「因為排第一和第二的兩人，跟冰霜劍皇不是同一輩人。那兩個人是不會與劍皇交手的，他們怕落下以老欺小的汙名。」

「道門之中，到底還有多少老怪物？」

「道門之中，藏龍臥虎，到底有多少高人，連我也數不清楚。」李洞旋聳了聳肩膀，又輕嘆了一口氣，道：「不過，道門近些年來，人才日漸凋敝，僅靠這些老人，是無法挽救頹勢的。」

「我跟劍皇交手有多少勝算？」

「一成也沒有。」

「難道我就只能等死了？」

「呵呵！那倒不會。」李洞旋笑了起來，道：「我之所以找你來，就是為了救你一命。」

「你有什麼辦法？」

「很簡單！拜我入道門。只要你成為道門弟子，那總壇就會保護你了。」

「又想騙我入門嗎？」龍耀眼睛裡透著冷淡的光。

葉晴雲一直站在一旁看著，當聽到龍耀沒有勝算時，臉上的表情變得一片灰暗，心情也如一灘死水似的。但當她聽到李洞旋的辦法後，心中又突然燃起了希望之火。

雖然葉晴雲最希望龍耀加入的是她所在的靈能組織——靈樹會，但現在為了保障龍耀的性命，也只能讓他加入道門的組織了。

見龍耀的反應十分冷淡，葉晴雲便著急的衝了上來，道：「龍耀，不要意氣用事啊！留得青山在，不怕沒柴燒。總之，現在先答應下來，給自己留一條活路。」

龍耀看著葉晴雲梨花帶雨的樣子，堅如鋼鐵的內心也開始有些動搖了。

李洞旋打量了葉晴雲兩眼，老到的江湖閱歷讓他看出這女孩是一名資深的靈能者，便笑道：「徒兒，這是你的新女朋友嗎？你終於放棄那個異界邪神了嗎？」

李洞旋不提這話還好，一提又讓龍耀反感了起來。他和莎利葉曾經共歷生死，是戰場上最親密的同伴，他不能為了自己苟活於世，而去投靠一個汙辱同伴的組織。

龍耀伸出一根手指，為葉晴雲抹掉眼淚，道：「不！我拒絕。」

這一句回答的聲音雖然很小，但卻如雷似的震響在山峰之上。李洞旋和葉晴雲都吃了一驚，兩人同時露出了萬分悲慟的表情，好像看到龍耀就要死掉了一般。

「我們該走了。」龍耀拉起了葉晴雲的手，轉身走向山間小路，道：「太晚回去的話，莎利葉會擔心的。」

李洞旋看著龍耀的背影，道：「為什麼？」

龍耀停下腳步，昂頭看向天空，道：「因為我有自己的正義，我一定要堅持下去。」

「你真的會沒命的。」

「無所謂！如果我今天為了活命，而出賣了生死與共的夥伴，那我明天也會為了活命，而出賣你們道門。你真希望收這麼一個人為徒嗎？」

空中的雲翻湧不定，由降雪變成了凍雨。整座山峰沐浴在雨中，好像蒼天正在垂淚。

李洞旋望著龍耀的背影，雙眼竟逐漸模糊了起來，不知是因為雨水的關係，還是因為流淚的關係。

「龍耀，我可以向你洩露一點情報，冰霜劍皇的劍法叫做『萬劍歸宗』，是傳說中最完美的劍術。」李洞旋道。

「最完美的劍術？」龍耀的眉頭皺了起來。

「對！無懈可擊，沒有破綻。」

「難道就無法可破了？」

「無法。」

龍耀輕嘆了一口氣，拉著葉晴雲繼續走。

李洞旋捋了捋鬍子，低頭沉吟了片刻後，又道：「除非你能拿到另一卷《無字天書》，傳說有一卷是專門針對完美的。」

龍耀的腳步稍微放慢了一些，道：「《無字天書》一共有多少卷？」

「我也不知道。」李洞旋輕輕的搖了搖頭，道：「《無字天書》失傳已久，關於《無字天書》的一切，都是來源於江湖傳說。」

「也就是說，我根本沒法去尋找。」

「是的！我也只是告訴你這麼一個傳說，其實也沒什麼實質性的幫助。」

「謝謝你了！」龍耀這次真的離開了，背影融進了山雨之中。

李洞旋昂首望著霧濛濛的天空，平伸出端著粟米的那隻手，黃鸝又飛回到了他的身邊，無憂無慮的鳴叫了起來。

「龍耀，我不會讓你死的。」李洞旋喃喃自語道。

凍雨追隨著龍耀的腳步，從山頭一直追進了城市，同時溫度也在不斷的降低。當龍耀的腳步踏上市內的馬路時，凍雨又變成了柳絮一般的雪花。雪花鋪滿了紅島市的每一處，將城市點綴得如同童話一般。但這個童話並不美麗，反而處處充滿了殘酷。

葉晴雲雖然換上了厚外套，但還是禁不住打起了寒顫。她偷眼觀瞧身前的龍耀，見龍耀正在低頭思索，便沒敢出言打斷他的思緒。

龍耀身上的校服已經被凍雨打透，現在又覆蓋上一層白色的雪片。但與這副冰冷的身體比起來，龍耀更冷的地方是他的內心。

龍耀感到很無助、很無奈、很孤獨。

他是出於正義的目的，才會得罪了魔法協會，才會打傷魔法師白冰，才會招惹上冰霜劍皇。

而現在他遇到了巨大的危機，那些號稱代表正義的組織卻不願意向他施以援手。

龍耀感到內心非常的寒冷，難道正義就注定孤獨嗎？自己辛苦堅持的正義，到底是否有意義啊？

「唉——」龍耀長嘆了一聲。

003 正義之意

龍耀嘆息之聲未落，一陣風雪便拂過眼前。當龍耀的視線再次清晰時，看到前方有三個影影綽綽的身影，如枯葉似的搖晃在凜冽的風雪之中。龍耀伸手抹了一把臉，將睫毛上的凍霧掃落下去，這才看清前方站著的三個女孩子。

三個女孩共撐著一把大傘，站在空蕩蕩的馬路上，左顧右盼著親人的歸來。站在三人中央的女孩，有著金絲一般的長捲髮，碧藍的大眼睛閃著熒光，豐盈的身材挺立在風中，雙手緊緊的攥著傘柄，庇護著兩個年幼一些的女孩子。

右側女孩的年齡最小，黑色的頭髮上落滿雪花，身上披著一件大人的風衣，衣襬都垂落在路面上了。她通紅的小手中抱著一隻玩具熊，黑色的大眼睛裡充滿了焦急，期盼那個人早點出現在街頭。

與這兩個女孩的焦慮相反，左側女孩的表情非常平淡，紫色的眼睛一直在向下看，專心的舔著一根棒棒糖。這個女孩有一頭亮麗的紫髮，在這片銀裝素裹的世界之中，就像是從北極飛來的仙子一般。而且她身上也散發著「仙氣」，雪花都自動繞開她飛向別處，就像被一層氣膜阻隔開一樣。

金髮的女孩忽然發現了龍耀，丟掉雨傘飛撲向了他的懷抱。黑髮的女孩也趕緊跑了過來，但光滑的地面卻害她摔了一跤。

龍耀趕緊迎了上去，一手抱住金髮女孩，一手扶起黑髮女孩。兩個女孩都是龍耀的妹妹，黑髮的女孩名叫艾憐，是靈種之戰時收養的；金髮的女孩名叫維琪，是從魔法協會中救出的，也正是因為這小丫頭，龍耀才會惹上今天的災難。

龍耀看了看維琪的臉，見她臉頰已經凍得通紅。他又握了握艾憐的小手，感覺到一股入骨的冰涼。

「妳們倆在這裡等了多久？」龍耀問道。

兩個女孩蠕動了一下嘴唇，但嚴寒卻讓她們失聲了。

這時候，紫髮的女孩撿起雨傘，不慌不忙的走了過來，嘴裡依然嚼著棒棒糖，道：「大概兩個小時吧！我早就告訴她們，你不會有事情的，可她們卻不相信。」

這女孩就是莎利葉，真身是一名墮天使，現在作為召喚靈，與龍耀並肩作戰。她與龍耀有通靈契約相連，可以感應到對方的情況，所以即使兩人相隔萬里，也能知道彼此的安危。

龍耀感覺眼圈有些溫熱，便將眼睛緊緊閉住。他怕眼淚真的流出來，讓妹妹們看到會擔心。

自從龍耀在一年前成為靈能者，他幾乎已忘記流淚的感覺。靈能帶給他超凡的智慧和意志，前者讓他不會被任何難題困擾，後者讓他不會為任何感情所動，所以根本就沒有流眼淚的機會。

但現在，他終於被劍皇的決鬥困擾了，同時也被妹妹們的親情感動了，所以那份久違的傷感又回來了。這讓日漸遠離「人類」範疇的龍耀，又重新找回了身為「人類」的感覺。

與此同時，龍耀也找到了苦苦思索的答案，那就是自己堅持正義的意義何在。

「不讓艾憐和維琪一樣的孩子，成為玄門鬥爭的犧牲品，便是我堅持正義的意義。」龍耀在心底生出這樣的想法，「我發誓一定要重整玄門戒律，讓玄門世界達到真正的和平。」

雖然龍耀一句話也沒有說，但他腦海中卻思考了很多。最終他解開了鬱結的心緒，覺得一切都是值得的，與劍皇的決鬥也是應該的。

龍耀舒暢的吐了一口氣，臉上終於露出一絲笑容，道：「回家吧！先洗一個熱水澡。」

龍耀擁著兩個妹妹回到家中，脫下凍得「吱吱」作響的校服，露出一副經靈力塑造過的肉體，就像古希臘時代的大理石雕像一般。

在成為靈能者的這一年時間內，龍耀做了將近三千六百個小時的靈能訓練，幾乎每一個夜晚都在鍛鍊中度過。雖然他沒有做專門的體能鍛鍊，但體質卻隨著靈能一同提升，所以才有今天這樣凝練的身軀。

葉晴雲只見過龍耀穿校服的姿態，這是第一次看到他赤裸上體的樣子，目光頓時被凝練的外形吸引住了。同時她內心中也有一些自慚形穢，相比龍耀這副飽經磨練的身軀，自己的身體就像火柴棒似的醜陋。

維琪斜睨了葉晴雲一眼，見她一直盯著龍耀不放，便輕輕的咳嗽了起來，「咳、咳——」

葉晴雲被這聲音驚醒過來，眼神羞澀的轉向了別處，臉頰上浮滿了少女的紅霞。

維琪很不高興的嘟高了嘴巴，道：「現在是放暑假的時間，妳竟然還天天纏著哥哥，難道就沒別的事可做了嗎？」

葉晴雲尷尬的笑了笑，她本來就不善於爭辯，遇到牙尖嘴利的維琪，就更加無法辯駁了。

龍耀伸手指向了浴室，道：「維琪和艾憐去洗個熱水澡，當心不要感冒了。」

「哦！艾憐去洗個熱水澡，當心不要感冒了。」維琪有所保留的把話重複了一遍，將一臉懵懂的艾憐推進了浴室。

「妳也一起去。」龍耀加重強調道。

「哎！那哥哥也一起洗，我來給哥哥搓背。」維琪搖晃著豐盈的胸部，示意會給龍耀好康。

「我不需要。」龍耀輕振了一下肩膀，身上的水瞬間彈開了，同時頭髮上揚了起來，露出精光閃閃的雙睛。

維琪不悅的嘟起了小嘴，被凍紅的嘴唇泛著冷光，道：「哼！你們一定是想趁機討論天氣異變吧？」

龍耀、葉晴雲、莎利葉對視了一番，三人的確是這樣打算的。

「為什麼要把我排斥在外？我也想為哥哥分憂解難啊！」維琪道。

現在這個宅子裡的五個人，只有艾憐是一名普通的人類，也只有她不能接觸玄門的秘密。而維琪因為沒有直接作戰的能力，所以龍耀一直視她為被保護的對象，從來沒向她透露玄門中的秘密。

但這次的情況有一些不同，因為這場雪與維琪息息相關，也許應該趁機讓她接觸玄門世界了。雖然維琪長得像一隻美麗的金絲雀，但她生存的環境卻不是安逸的鳥籠，而是一座危機四伏的大叢林。

魔法協會一直對維琪虎視眈眈，而龍耀也不可能保護她一輩子。遲早維琪要擁有獨力的飛翔能力，否則她就會慘死在這片玄門叢林中。

經過短暫的思考之後，龍耀抬頭看向了維琪，道：「妳確定要參與嗎？」

「是的。」

「這可能會讓妳不再快樂，讓妳的生活充滿了憂愁。」

「能與哥哥分享秘密，就是我最大的快樂。」

「如果妳堅持要參與這次討論的話，那以後我就不會再當妳是受保護者，而把妳看成是擁有戰鬥力的夥伴。」

「求之不得。」維琪換上了嚴肅的表情，道：「雖然我現在沒有作戰能力，但我依然擁有魔法異能，我一定可以幫忙哥哥的。」

龍耀的黑瞳對視著維琪的藍瞳，從那雙眼睛裡看到了堅定的光。

如果龍耀現在去照鏡子的話，其實他會發現自己的眼中也有同樣的光。只不過龍耀的目光是為正義而堅定，而維琪的目光則為了感情，這其中夾雜著「親情」、「友情」、「愛情」，還有一些連她自己都說不清的「情」。

雖然兩者的出發點是不同的，但最終的歸宿卻是相同的，因此龍耀無法拒絕這份決心。

「好吧！和艾憐去洗澡，我們等妳出來。」龍耀做出了最後的決定。

「耶！太棒了。」維琪擺出「V」字手勢，又變得不淑女了起來，一邊胡亂的脫著衣服，一邊衝進了浴室之中。

艾憐驚訝的看著維琪，道：「姐姐，妳在高興什麼？」

維琪抱著艾憐親了一口，道：「小孩子不要多問，這是大人們的事。」

葉晴雲看著浴室的方向，有些醋意的說道：「你還真是受歡迎啊！」

「妳不是同樣嗎？」龍耀撿起一條毛巾，擦著濕漉漉的頭髮，道：「今天在學校的後花院裡，學生會會長不是約妳見面嗎？」

「那、那、那是在談工作，你不要誤會了啊！」

葉晴雲的這句謊話說得就像和尚頭上的蝨子一樣，但龍耀卻沒有出言反駁，而是扭頭看向電視機，道：「看看新聞。」

稍微延遲了幾秒鐘後，電視機「刷」的點亮了，然後滾動起電視頻道，最後停在新聞臺上。

葉晴雲驚訝的望向電視螢幕，道：「這是聲控的嗎？」

「聲控算什麼啊？這是全智能的。」龍耀走向了冰箱，取出一根胡蘿蔔，道：「不是這個頻道，換一個講天氣的。」

電視頻道又滾動了起來，真的找了一個天氣節目頻道。

葉晴雲已經不知該如何表達驚訝之情了，心想難道科技已經發展到這種地步了，自己被拋到時代的塵埃之中了嗎？但接下來的一幕，更是超乎她的想像。

龍耀將一段胡蘿蔔扔到電視遙控器上，接著遙控器處發出「咯吱吱」的咀嚼聲。

「這、這、這……已經不用電池，而改用蔬菜了嗎？」葉晴雲驚訝的繞過沙發，這才看清幕後的真相。

原來是一隻兔子蹲坐在沙發上，牠一邊用兩隻前爪捧著胡蘿蔔啃食，一邊用一條後腿踩著遙控器。

「把聲音調大一些。」龍耀又道。

兔子的後腳掌「啪啪」拍了兩下，電視音量慢慢的調大了起來。

「這、這、這隻兔子是怎麼回事啊？」葉晴雲驚叫道。

「妳真是太吵了！難道沒見過兔子嗎？」龍耀坐到了沙發上，將兔子抱在腿上。

「我當然見過兔子，但沒有見過兔子精。」

電視節目中，一名氣象專家正襟危坐在演播室中，手裡拿著激光筆正在分析雲圖，還有板有眼的說什麼「北部寒流」、「自然現象」、「我早就預測到了」、「沒有下雪才不正常」。

「唉！又是一個學術騙子。」龍耀輕輕的搖了搖頭，道：「不看了。」

兔子眨著明亮的紅眼睛，從龍耀的腿上跳了出去，用後腿輕輕的拍動遙控器，換到了自己愛看的節目。

「這隻兔子會看電視啊！」葉晴雲的震驚已經無以復加了，這比冰霜劍皇給她的衝擊還大。

「妳不要總是大驚小怪的！一隻愛看電視的兔子而已。我媽媽在半年前飼養的，妳不是早就見過嗎？」龍耀撓著耳朵道。

「可我上次見到牠時，牠還沒有這麼聰明，難道牠在進化嗎？」

「是嗎？」龍耀捏著下巴回憶了起來，這兔子的智商的確在提高。不過，所有動物都是具有學習能力的，所以龍耀並不覺得這兔子有什麼奇怪，牠只不過比一般的兔子聰明一點而已。

「你不覺得奇怪嗎？」葉晴雲繼續追問道。

「牠可是我媽媽養的寵物，變成什麼也不值得奇怪。」龍耀淡然的道。

如果在平時的話，龍耀大概還有心情研究一下這隻兔子。不過現在的當務之急是劍皇，龍耀不想在別的事情上分心。

這時候，浴室的門「碰」的一聲打開，維琪赤裸著白玉似的光潔身軀，像是被熱水燙傷了屁股似的奔出，胸前搖晃著兩粒碩大的果實，只在下身穿了一件蕾絲小內褲。

「你們沒有偷偷開始吧？」維琪甩了甩金色的長髮，水滴如珍珠似的灑落一地。

龍耀的嘴角抽搐了兩下，從桌下抽出了一條浴巾，「小心不要感冒了。」

維琪撲進了龍耀的懷裡，拿性感的身子輕輕蹭著，道：「哥哥給我擦嘛！」

「妳已經十五歲了，還這麼沒羞沒臊的。」

「這樣才能顯得出我們兄妹情深嘛！」維琪一邊在龍耀懷裡撒嬌，一邊偷眼觀瞧著一旁的葉晴雲。維琪這小丫頭之所以要這樣做，多半的原因是要做樣子給葉晴雲看，她想讓葉晴雲自己知難而退。

葉晴雲果然被氣得頭冒青煙，瞪著維琪奶油一般的白嫩身軀，道：「兄妹才不會像你們這樣呢！啊噓——」

「哼哼！在房間裡都會怕冷嗎？這麼弱的體質怎麼能幫到哥哥？」維琪笑道。

維琪雖然沒有做過體質鍛鍊，但她是基因優化的新人類，對一般的病毒有天然抵抗力，所以就算在寒冷的環境中，赤身裸體也沒有什麼可擔憂的。

但龍耀還是把維琪扶起，將浴巾丟在她的頭上，道：「去把空調調成制熱模式。」

「哦！好吧。」維琪深知適可而止的道理，知道不能再繼續貶低葉晴雲了，否則會惹得龍耀不高興的。因為她也明白葉晴雲的價值，雖然葉晴雲沒半點衝鋒陷陣的本事，但卻擁有逆天的團隊輔助能力。

維琪雙手拿浴巾擦著濕漉漉的長髮，挺著豐滿的胸脯從葉晴雲身邊走過。雖然維琪來到這個家庭才半年，但溫馨的生活環境和愉悅的處事心境，讓她的身體像雨後春筍似的茁壯生長。她的身高已經遠超過了葉晴雲，再加上凹凸有致的三圍曲線，與葉晴雲放在一起對比的話，簡直就像超級名模和小學生站在一起。

在維琪尋找空調遙控器的時候，葉晴雲驚訝的在頭上比了一個高度，道：「長得好高啊！」

龍耀和兔子吃著同一根蘿蔔，道：「她是外國人嘛！這是人種決定的。」

「身材也很好。」

「她是外國人嘛！這是人種決定的。」龍耀重複著同一句話。

「她已經不是小孩子了，你怎麼還這麼不注意？」

「啊？注意什麼？」

「注意男女有別啊！她平時都是這樣光著身子走來走去嗎？」

龍耀捏著下巴思索了一下，好像維琪平時也是這樣的。不過龍耀從來沒有在意過，因為維琪是半年前才來的，雖然那時她的身材就很不錯了，但畢竟只是一個十四歲的小女孩。

雖然在這半年的時間裡，維琪的身材發育了不少，但稚嫩的臉蛋卻沒有變化，所以龍耀也沒覺得不妥。

龍耀思索了好長一陣子，才道：「童顏巨乳，果然容易讓人迷惑啊！」

「呃！你都在想些什麼啊？」葉晴雲氣呼呼的鼓起了腮，道：「這都要怪你不好好教她禮儀，害她都不知道裸著身子是件羞恥的事。」

龍耀聳了聳肩膀，道：「這怎麼能怪我啊？她之所以習慣裸著身子亂跑，那是因為在玻璃罐裡泡久了。」

在被龍耀救出之前，維琪一直被魔法協會當作是實驗品，在充滿營養液的玻璃罐裡泡了十四年，這十四年裡連跟衣服接觸的機會都沒有。

浴室的門又一次的打開了，艾憐也光著身子跑了出來。龍耀的嘴角聳動了兩下，道：「妳今天怎麼也裸著身子亂跑？」

「咦！自從維琪姐姐來之後，我每次洗澡都是這樣的啊！」艾憐奇怪的看著龍耀。

龍耀用手托住了額頭，道：「……一直是這樣的嗎？我怎麼今天才注意到？」

「哥哥好奇怪。」艾憐拿起浴巾擦著身體，想要坐到龍耀的身邊去。

但維琪卻把一瓶牛奶遞給艾憐，道：「到自己的房間玩去，大人們要商量事情。」

「哎？姐姐什麼時候變成大人了？」

「就在剛才啊！哥哥把我從女孩變成女人了。」

龍耀無奈的搖了搖頭，道：「不要說些讓人容易誤會的話。」

等把艾憐哄回了房間之後，龍耀才踱步到窗戶前，遙望著白茫茫的街道：「開始討論這次事件吧！」

第一次參加作戰討論，維琪顯得十分興奮，搶先問道：「是白冰回來了嗎？」

龍耀輕輕的搖了搖頭，道：「如果只是她的話，那就不用擔心了。」

「咦，不是白冰嗎？」維琪奇怪的道。

「是冰霜劍皇，道門四大名鋒中的第三位。」葉晴雲把今天的事情一五一十的敘述一遍。

莎利葉舔著棒棒糖，道：「難怪有這麼強的力量，原來是道門中的高手。」

「可是……」維琪的臉上劃過了一絲困惑，但見眾人都認定是劍皇了，便強忍著沒有說出來。

葉晴雲還想再說些什麼，但龍耀突然伸手制止住了。雖然龍耀在生活中馬馬虎虎的，可一牽涉到正經的作戰討論時，便能將任何蛛絲馬跡收入眼中。

剛才維琪臉上一閃而過的困惑，也被龍耀那雙銳利的眼睛捕捉到了，「維琪，妳剛才想說什麼？」

「呃……我不知道是不是該說出來，因為你們好像已經很確定了。」維琪猶豫道。

「妳有什麼發現就直接說出來，否則讓妳參加會議的意義何在？」

聽到龍耀這樣說，維琪頓時有了信心，道：「我想說的是，我感覺這股寒氣與白冰的氣息很像。」

龍耀的眉頭皺了皺，追問道：「有多像？」

「我不知道該如何表達，如果要打一個比方的話，就像白冰修行二十年後，所散發出的魔法氣息。」

龍耀的雙眼中閃過一絲銳利的光，道：「妳確定嗎？」

維琪鄭重的點了點頭，道：「上一次被魔法協會綁架時，是白冰負責看守我的，我絕對不會認錯的。」

「這到底是怎麼一回事啊？」龍耀的高智商也遇到了難題。

「冰霜劍皇不會就是白冰吧？」維琪大膽的猜測道。

葉晴雲搖了搖頭，否定道：「不可能！白冰的實力沒這麼高深。」

「要不然就是白冰的姐姐。」

龍耀回過神來，道：「這種可能性比較大。」

葉晴雲又搖起了頭，道：「白冰的姐姐應該是北歐人吧，如果她有如此高強的實力，那應該加入魔法協會啊，怎麼可能在道門之中任職呢？」

「嗯！妳說得也對。」龍耀點了點頭。

討論陷入了僵局之中，大家對劍皇的真實身分，以及她降下大雪的目的，都無法推測出來。

004 戰爭計畫

雖然討論陷入了僵局，但會議仍在進行之中。既然找不到確定的線索，那就先使用假設的前提。經過幾輪反覆的推演之後，大家最後得出了一個結論——冰霜劍皇很可能是東西方玄門銜接的紐帶。

東方道門和西方魔法協會一直不和，這源於兩者對玄術的基本理念不同，但近代雙方的關係卻變得緩和了，甚至還在一起制訂了東西方共同遵守的戒律。

但是從雙方的行動表現上來看，這種合作關係明顯是脆弱的，必須要有人在中間加以維持，而維持這一關係的紐帶，很可能就是冰霜劍皇。

因為她不僅是道門的四大名鋒，而且還有著與白冰相似的魔法氣息，所以可以推斷她很可能學貫東西，在兩大組織之中都有較高的地位。

「如果這個推測沒錯的話，那麼她就很難對付了。」莎利葉的腳下已經放了一沓糖紙，可見討論陷入僵局的時間之長，「道門四大名鋒就已經與 LV6 的靈能者相當，如果再於魔法方面有所成就的話，那劍皇的實力恐怕會達到 LV7 的地步。」

「LV4.5 的靈能者，是絕對贏不了 LV7 的。」葉晴雲道。

維琪的大眼睛眨了眨，道：「要不然找十御姐姐幫忙，她就是 LV7 的靈能者啊，應該能與劍皇一戰吧？」

十御是龍耀在東京之行時，結識的一位重要的夥伴，靈能力是令人震驚的 LV7。但是十御的行蹤不定，龍耀也不知道她此時在何處。十御跟維琪的出身相似，也是基因優化的克隆兒，本職是陰陽教的神巫女，擁有類似於神的預言能力。

十御曾向龍耀保證過，在龍耀需要她的時候，她會及時出現幫忙的。不過十御所指的「時候」，是指她預測到龍耀面臨死亡之時，所以沒人知道她會何時出現。

龍耀輕輕的搖了搖頭，道：「十御只是一個不確定的助力，我們必須做好萬全的計畫，以防止出現難以預測的變故。」

「現在的情況太複雜了，想制訂一個萬全之策，恐怕是不可能的吧！」葉晴雲道。

維琪將浴巾纏在了身體上，嬌媚的依偎到龍耀身邊，道：「這就要靠哥哥發揮智慧了，我們三人只能提供啟示，但最終的決策要靠哥哥你了。」

少女的體香縈繞在龍耀的鼻邊，讓他煩亂的心慢慢的沉澱下來。龍耀深深的吸入一口氣，開始了長時間的冥思。

龍耀的眼睛雖然還在睜著，但已經沒有了平時的光彩，而是變得如同冷光燈似的，只是偶爾閃爍一下微光。他的大腦正在進行激烈的運算，無數的脈衝信號如同流星一般，拖著閃亮的軌跡劃過大腦皮層，最後在腦細胞上撞出星星點點的火花。

龍耀將自己的精神放逐進了黑暗之中，就像是一團飄浮在宇宙中的星雲一般，在漫無邊際的空間之中翻湧變化著，無數的恆星在期間不斷的催生和滅亡。

在龍耀思考的這幾分鐘的時間，他頭腦中的宇宙已經過了數億年，當代表思緒的星球都滅亡後，只剩下最後一個黑洞一般的星體，那就是龍耀思索過後的最終決策。

「我要刺殺劍皇，掀起玄門戰爭，重整玄門秩序。」龍耀說出最終思考的結果。

雖然維琪對龍耀充滿了信任，但還是被這話嚇得一哆嗦，連身上的浴巾都抖落在地了。葉晴雲更是吃驚到直接從沙發椅上摔了下去，一屁股癱坐在冰冷的地板上。

就連一直保持冷靜的莎利葉，也猛的一口咬斷了棒棒糖的桿子，使得螺旋型的彩虹糖塊摔碎在地。

客廳裡的人都驚訝得說不出話了，只有電視節目的聲音仍然在播放著。

龍耀似乎早就料定會有這種反應，十分淡定的掃了一眼維琪的裸體，道：「臭小丫頭，去找件衣服穿上。」

維琪打了一個哆嗦，驚醒了過來道：「咦！哥哥討厭我這樣嗎？」

「倒也不是討厭，只不過我喜歡穿得漂亮的女孩。」

「哦！明白了，哥哥果然對制服有特別愛好。」

龍耀也不管維琪怎麼想，總之先把她支進了臥室。等維琪剛一離開客廳，葉晴雲便拍響了桌子，道：「我反對。」

「理由呢？」龍耀淡然的道。

「玄門戰爭雖不像普通戰爭那樣會牽涉到大量的無辜平民，但所帶來的犧牲也不會少。」

「可是如果一直維持現在的局面，依然會有很多人變成犧牲品。」

「但與戰爭相比，這數量很少啊！」

「我可不這樣認為。現在受害者看似很少，但日積月累起來，數量仍然會非常大。而且現在的局面還在不斷惡化，遲早有一天會爆發大規模的危機，到那時，危害恐怕遠比戰爭要大。」

葉晴雲咬了咬牙，道：「就算如此！我也不能同意故意掀起戰爭。」

「現在的局面就像健康的軀體上，生長出了一個不大不小的膿瘡。如果妳因為無法忍受一時之痛，而放任這個膿瘡生長下去的話，它早晚會危機到整個軀體的生命；如果能狠下心來戳破膿瘡，那在短暫的痛楚和少量的流血後，就可以恢復到以前的健康狀態了。」龍耀打了一個比方。

雖然這話很有道理，但葉晴雲搖了搖頭，語氣堅決的說道：「我還是不能同意你的決策，就算你有成千上萬的理由，掀起戰爭始終是一種罪惡。」

「我並沒有說這不是罪惡，但這罪惡必須有人來擔。」龍耀也換上了堅決的語氣，眼神中閃爍著冷光，道：「我願替天下人擔下此罪惡。」

葉晴雲瞪圓了雙眼，不敢置信的望著龍耀，道：「你會把自己逼上絕路的。」

「絕路也是一種路，我龍耀再所不惜。」

葉晴雲的呼吸有些急促，話題轉了一個切入點，道：「龍耀，我希望你能更加冷靜一點，不要讓感情左右你的思維。你做出這種可怕的決定，很大程度上是因為維琪，因為你見過維琪受苦，並害怕魔法協會奪走維琪。我也非常同情維琪的遭遇，但我不能贊同因私心而掀起戰爭。」

「私心？」龍耀沉默了下來。

「對！你的決策裡摻雜了私心，這使你的決策不純潔了。」葉晴雲期待的望著龍耀，希望他能夠幡然醒悟。

然而，龍耀思考了幾秒鐘後，卻說出這麼一句話，「如果私心是為天下，那這就等於公心。」

「呃——」

「我的決策裡可能摻有私心，但我可以問心無愧的說：我掀起戰爭是為天下蒼生。」龍耀攥緊了拳頭，道：「這就是我的正義。」

葉晴雲見自己無法說服龍耀，只能把希望寄託於莎利葉身上。她知道莎利葉在龍耀心中的分量，雖然外表上她只是貪吃的小丫頭，但實際上她可以算龍耀的人生導師了。

莎利葉撿起破碎的棒棒糖，三隻眼睛閃爍著紫色的光，思緒彷彿回到了數萬年前，道：「我參與過幾萬場戰爭，有些是為了正義，有些是為了私欲，還有些毫無目的。我曾與惡魔交戰，也曾與天使相殺，我一直在思考戰爭的意義何在。」

葉晴雲和龍耀都安靜了下來，靜靜的聽著莎利葉的經驗之談。

「因為在很長的時間裡，我無法找到戰爭的意義，所以我曾一度厭煩戰爭。而又從『厭煩』這種感情中，生出了『懼怕』和『迴避』。我為躲避戰爭而離開天堂，又為躲避戰爭而離開地獄，但在最後一次的光與暗之戰時，我突然發現了戰爭的意義。」

「是什麼？」龍耀屏住呼吸問道。

現在，龍耀的心中其實也很忐忑，因為他害怕葉晴雲是正確的，那他就真的會踏上歧途了。

龍耀希望莎利葉能告訴他對與錯，如果莎利葉反對掀起戰爭的話，他會一句話不說的放棄計畫。

「戰爭就是一個事物分化出兩個『極端』，然後兩個『極端』進行激烈的衝撞。比如『極端』的善良與『極端』的邪惡，『極端』的公正與『極端』的偏私，『極端』的光明與『極端』的黑暗。當兩個『極端』對撞過之後，不管是哪一方面取得勝利，都能中和生成一個新的事物，而這個新的事物會茁壯生長一段時間，直到再一次的分化出兩個『極端』。」

龍耀的嘴角露出一絲笑意，道：「那妳的意思是同意我掀起戰爭了？」

「是的！東方和西方兩大玄門，已經形成了兩個極端。長此下去，只會生出更多的摩擦，不如就此發動戰爭，在戰爭之中弭平爭端，最終催生和諧的新秩序。」莎利葉擦了擦破碎的棒棒糖，有些不捨的重新放進了嘴巴裡。

「謝謝妳的這番教導，我知道該怎麼做了。」龍耀攥住了莎利葉的小手，道：「另外，棒棒糖已經髒了，妳這樣吃太不衛生了。」

「沒關係！我是天使，不會生病。」莎利葉嚼著棒棒糖，臉上依然一片淡定。

葉晴雲見最後的希望也失去了，懸著的心一下子落進了無底洞。她雖然很擔心戰爭帶來的災難，但她其實更擔心的是龍耀的處境。如果龍耀真的掀起戰爭的話，那他一定會成為眾矢之的，到時恐怕每天都要與死神結伴而過了。

雖然龍耀對所有的女孩子都很冷淡，但是葉晴雲卻對他早已心有所屬，她真的非常害怕會失去他。

「先不說以後會遇到的困難，就說你這個計畫的第一步，你有辦法殺掉冰霜劍皇嗎？」葉晴雲不願放棄說服，又從實際行動方面著手，希望能讓龍耀知難而退。

殺掉冰霜劍皇，切斷雙方聯繫，是掀起戰爭的第一步。如果連這一步都無法做到，那後續的計畫都是紙上談兵。

龍耀深吸了一口氣，道：「有辦法。」

「什麼辦法？」葉晴雲不敢相信的望著龍耀。

「解開莎利葉的封印。」

「咦？」

莎利葉在與龍耀結契的時候，就說過現在的外表不是本體，是為了在人間活動的化身。她只要打開身上的封印，就能恢復天使之身三分鐘，這三分鐘擁有完全的力量。只要龍耀能設計一個陷阱，困住劍皇三分鐘的時間，那莎利葉就有機會成功。

不過這個計畫的危險程度也很高，因為莎利葉會消耗大量的魔力，連帶著龍耀也會被抽取靈力。如果沒有在三分鐘的時間內打敗劍皇，那龍耀和莎利葉會雙雙虛耗而死。

葉晴雲聽完龍耀的講解後，反對的態度更加強烈了，「這太危險了，我絕不同意！」

「但沒有其他辦法了。」龍耀道。

「辦法、辦法……辦法還有一個！」葉晴雲的心已經急躁的要著火了，口不擇言的說出了一個辦法，「這一切的起因都是維琪，只要把她送回魔法協會，就可藉機讓劍皇罷手了。」

這的確是一個辦法！只要向魔法協會開出條件，用維琪換取白冰的諒解，就可以讓劍皇停手了。

但即便這是成功率最高的辦法，一貫理智的龍耀也無法接受，他冷冷的說道：「班長，妳知道自己在說些什麼嗎？」

「我……」葉晴雲情知失言，掩著嘴哭了起來，甩門奔出了龍家。

莎利葉繼續吃著棒棒糖，道：「不要怪她，她是為了你好。」

龍耀無力的昂頭看天，道：「我知道。」

然而龍耀不知道的是，維琪一直躲在門後，剛才的一切都聽到了。維琪的俏臉上掛著兩條淚河，心中泛動著感恩和愛戀的情感。見葉晴雲哭著離開後，她趕緊把眼淚擦乾淨，穿上一件白色吊帶裙。

維琪收起臉上的悲傷，強換上了一副笑容，雙手扯著輕飄飄的裙襬，跳到龍耀面前轉了一圈，道：「哥哥，這件衣服漂亮嗎？」

「嗯！嗯！很漂亮。」龍耀根本沒有去看，而是倚躺在沙發上，腦袋昂到靠背後，在看著窗戶發呆。

「哼！哥哥真是討厭，好好看看我嘛！」維琪抬起了修長的美腿，調皮的伸出兩根腳趾，捏住了龍耀的鼻子。

「啊！」龍耀掙扎著坐了起來，驚訝的扭頭看向維琪。見維琪只用一條腿著地，另一條腿高高的抬起，像一隻單腳獨立的仙鶴似的。

「妳身體的協調性不錯嘛！也許經過一段時間的訓練後，妳真的能在戰場上獨當一面。」龍耀道。

「真的嗎？」維琪有意表現一下，將雙腿分成一條豎線，然後身子向側方放低，擺出一個橫躺的「丁」字形。

維琪從來沒有做過柔體練習，但身體卻比任何人都有柔性，這說明她的骨節天生就優化過。

「看來魔法協會對妳做的基因優化，還有許多我們沒有發現的項目。」龍耀終於將視線放到了維琪身上，銳利的雙眼放射出了靈動的輝光。

龍耀打開了第六感，認真的掃描著維琪。忽然，龍耀驚訝的發現維琪體內的魔力，已經高到了不容小視的地步。雖然維琪還沒有學習任何魔法術式，但體內的魔力已相當於初階魔法師了。

「好奇怪！妳體內的魔力儲量，已經不亞於白冰了。」龍耀驚嘆道。

「咦！不會吧！白冰可是出自魔法世家，體內流淌著魔性的血液。」維琪雖然很自滿，但卻並不盲目。

龍耀扭頭看向了莎利葉，道：「妳怎麼看？」

「魔法協會製造維琪的時候，很可能想將她作為法器。作為一個優秀的法器，製造並儲備魔力是最為基本的能力。」莎利葉道。

龍耀被莎利葉一提示，終於想到了關鍵的一點。他一直把維琪當作少女，所以從人類的角度看待她。但魔法協會製造維琪時，卻是把她當成了器物，所以有很多特別的設定。

「也許，可以把維琪培養成一名出色的魔法師。」龍耀道。

莎利葉點了點頭，道：「我可以教她基礎的魔法知識，不過找並不是職業魔法師，所以大部分還要靠她自己。」

「我能當魔法師嗎？」維琪欣喜的瞪大眼睛，藍色的瞳仁如海水一般，閃爍著希望的光芒。

「一定可以的。」龍耀點了點頭，又道：「另外，妳可以把腿放下來了，內褲已經露出很長時間。」

「急什麼嘛！人家是故意給哥哥看的。」

「再這樣劈腿下去，處女膜會破裂的。」龍耀開玩笑道。

「啊！那可不行！那個要留給哥哥的。」維琪趕緊恢復了站姿，並將雙腿緊緊的夾在一起。

這時，門外響起了一陣車聲，兔子的耳朵立了起來，看來是非常期待這聲音。

「噠噠噠——」一陣急促的腳步聲後，一個女人帶著風雪衝進了門來，「啊！好冷啊！怎麼會突然下雪啊？」

「媽媽，妳回來了。」維琪高興的撲了上去。

開門的人正是龍耀的生母——沈麗，現在還收養了維琪和艾憐兩個女兒。

沈麗戴著一副紅色的板框眼鏡，盤成螺髻的頭髮上落滿了雪花，姣好的瓜子臉上泛著姣紅，皮膚細嫩的可以與維琪稱姐妹，一點也看不出她是三個孩子的母親。

「嗯！乖女兒。」沈麗親了一口維琪。

自從收養了這個活潑的小丫頭後，沈麗越來越習慣西式禮節了。她每次下班回家的第一件事，就是親一下兩個可愛的女兒。當然，沈麗也很想親一下龍耀的，不過龍耀從來不給她機會。

沈麗抖了抖白色試驗服，道：「早知道多穿一件外套了。」

「妳就一件外套，還能穿什麼啊？」龍耀嘲諷道。

其實沈麗的衣櫃裡掛滿了外套，但所有的外套都是白色試驗服，恐怕連她自己都看不出區別。沈麗作為一個生物製藥專家，每天的工作就是待在無菌室裡，久而久之便有了只穿試驗服的習慣，這倒是給家裡節約了不少開支。

沈麗向龍耀吐了吐舌頭，道：「你有資格嘲笑我嗎？萬年都是穿一件校服。」

「呵呵！你們倆真不愧是母子啊，連穿衣的習慣都是一樣的。」維琪摟著沈麗的脖子笑道。

「妳這丫頭今天怎麼這麼高興？」沈麗奇怪的問道。

「因為我發現哥哥真的很喜歡我，而且我也更加喜歡哥哥了。」維琪道。

沈麗聳了聳肩膀，莫名其妙的道：「哦！那就好。」

「媽媽，我將來一定要做哥哥的新娘。」維琪又道。

「啊！不行。」沈麗的身後傳來如此的回應。

維琪歪頭繞過了沈麗，看向了風雪飄飛的門外，見一個女孩提著蔬菜和肉，哆哆嗦嗦的走了進來。

這女孩名叫林雨婷，只比龍耀大了三歲，但已經碩士畢業了。她是龍耀的商業夥伴，兩人開創了龍林高科。沈麗便在龍林高科裡工作，但她並不知道兒子是老闆。龍耀平時很少過問商業的事，公司的一切都由林雨婷打理。

林雨婷是與沈麗一起開車回家的，同樣也被風雪打了一個措手不及。如瀑布般飄逸的秀髮上滿是白雪，連富有靈性的眉毛都被染白了，但美麗的雙眼中閃爍著靈光，薄薄的嘴唇帶有幾分才氣，還有幾分女孩特有的小家子氣。

她穿著一件黑色的職業套裝，女式小西裝緊緊的包住腰身，和筒裙一起勾勒出優美的曲線。裙下的黑絲襪包裹著圓潤的美腿，白領麗人的高雅氣質在此一覽無遺，可惜今天的溫度實在太低了，害得漂亮的小腿在寒風中微微打顫，連帶著高跟鞋都不斷敲擊著地板。

「媽媽，妳不要慣壞了小孩子。」林雨婷看了維琪一眼，道：「小孩子的心性不定，根本不懂得愛情。」

林雨婷雖然不是龍家的人，但已經跟家人差不多了，所以也直接叫沈麗為媽媽。

「哼！林阿姨真討厭，我早就不是小孩了。」維琪把嘴噘向了一邊。

「咦！咦！咦！妳管誰叫『阿姨』呢？我現在可是『妙齡』啊！」林雨婷彷彿遭了雷擊一

般，漂亮的嘴巴大張著合不攏了。

兩個女孩就此吵了起來，就像往常的日子裡一樣。看來六月飛雪的天氣異變，也改變不了女孩子的日常。

沈麗也早已經習慣了這種吵架，她只當是女孩子們要好的表現，就像男孩子經常在一起互損一樣。

沈麗取了一盒奶油蛋塔，擺放在莎利葉的面前，也像往常一樣的逗弄道：「小莎莎，親親我好不好？」

「不好！」莎利葉拿過蛋塔就吃，臉上沒有半點感謝之意。

「為什麼啊？」

「我又不是小孩子，我可有幾萬歲了，我曾經……」莎利葉如實說道。

「哦！這麼了不起啊！」沈麗嘴角上掛著一絲笑容，這是一種大人們特有的，只在聽到小孩子吹牛時，才會露出來的會心的微笑。

莎利葉自然懂得這種笑容，所以只好無奈的閉上嘴巴，把汴意力全放在了蛋塔上。

龍耀撓了撓耳朵，感覺家裡好吵啊！不過這些吵鬧卻很溫馨，讓龍耀感覺非常的心安。

艾憐聽到媽媽回家的聲音，抱著一隻毛毛熊走了出來，斜躺在龍耀身邊的沙發上，道：「哥哥，好久沒看到培培姐了。」

「呃！對啊！差點把胡培培給忘了，放假後就沒見到她了。」龍耀恍然大悟的拍了拍大腿，道：「明天就把她找出來幫忙。」

005 前狼後虎

次日，龍耀打電話聯繫胡培培，但對方的手機卻一直拒接。

「可惡！這傢伙想要造反嗎？竟敢不接我的電話。」龍耀換上一件新的校服，道：「我直接去找她。」

莎利葉囑咐維琪留下練習基礎魔法，便和龍耀直奔向胡培培的家中，但兩人只看到一間空蕩蕩的公寓。

「奇怪，難道出什麼事了嗎？」

龍耀和莎利葉走在白雪飄舞的街頭，不知不覺間來到一家糕點店前。

這家店是龍耀名下的產業，是為了滿足莎利葉的口欲，而在一年前高價收購來的。莎利葉在沒事的時候，都是坐在店裡打發時間的。

因為暴雪突然降臨的緣故，今天店裡的氣氛十分冷清。龍耀和莎利葉坐到了店裡，想分析一下現在的情況。

莎利葉吃著熱呼呼的糕點，看了一眼坐在對面的龍耀，說道：「離決鬥還有五天，你倒很冷靜啊！」

「我又不是第一次面臨死亡。」龍耀道。

「但這次跟以前不同。」

「有什麼不同？」

「以前，你死亡的可能性很小；現在，你存活的可能性很小。」

「所以，我更需要冷靜。」

莎利葉輕輕點了點頭，將糕點塞進了嘴巴裡，含含糊糊的說道：「的確如此！」

「一對一的公平決鬥，我絕不是劍皇的對手。所以我們必須在決鬥前，找到擊殺劍皇的機會。」

「但現在還沒有劍皇的消息，而且我們非常的缺人手。葉晴雲離開了，胡培培消失了，維琪不能戰鬥，只有我們兩個人。」

「該死！胡培培去哪了？」龍耀又一次撥打手機，忽然聽到熟習的鈴聲。

龍耀扭頭看向糕點店的一角，見臨窗的位子上坐著三人，其中一人赫然就是胡培培。胡培培看了一眼手機，猶猶豫豫的按下了拒接鍵。

她的父母胡榮和丁文佳坐在對面，兩人因感情不和離婚很多年了，今天竟然破天荒的坐在了一起。

胡榮的職業是刑警，丁文佳則是大律師，兩人的工作都非常的忙，少有時間管教胡培培，所以胡培培曾經變成過不良少女，整天跟一些小混混在一起鬼混。直到有一天她遇到了龍耀，然後被龍耀逼回了正途。

「是誰打的？」丁文佳問道。

「一個朋友。」胡培培含糊的說道。

「培培，我剛才說的事情，妳考慮好了沒有？」

「我、我、我……」

「培培，別再猶豫了！我過幾天就要出國工作了，希望妳能跟媽媽一起走。」

「呃！我想留在——」

丁文佳不等胡培培說完，又道：「我已經在國外聯繫好了貴族學校，妳會享受到世界一流的精英教育。」

丁文佳正了正金絲眼鏡，將眼神斜睨向了胡榮。因為胡培培一直不同意出國，所以她才把胡榮一起找來。胡榮雖然也不想女兒出國，但為了女兒的前途著想，還是同意了前妻的建議，所以今天來幫她做說客了。

胡榮撓了撓亂糟糟的頭，道：「對！妳媽媽說得很對。」

「可我好不容易才交到幾個朋友，出國後又要孤孤單單一個人了。」胡培培說出了不願出國的原因。

「怎麼可能孤單啊？不是有妳媽陪妳嘛！」

「她在國內都沒時間陪我，難道到國外就有時間了？」

「呃……」胡榮無言以對。他和丁文佳都是不稱職的父母，兩人從來沒有認真照顧過女兒。

丁文佳見前夫有些動搖了，便趕緊用手肘捅了捅他，道：「咱們來一次家庭民主，用投票來決定吧？」

「啊！妳這明明就不民主嘛。」胡培培無奈的說道。

不過，丁文佳可是做律師的，無視不利的控訴是她的強項，直接道：「我和妳爸爸都投贊成票，決議就此通過了。」

「你們怎麼能這樣？」

就在胡培培無力反駁的時候，忽然身後傳出一個強有力的聲音道：「那我和胡培培都投反對票，決議就此擱淺了。」

「咦！」丁文佳抬頭看過去，發現龍耀站在一旁。

「怎麼是你這渾小子？」胡榮擼起了袖子，露出粗壯的手臂。

「喂！別在女兒面前表現的這麼粗魯。」龍耀坐到了胡培培身旁，又道：「你真的放心讓女兒去國外嗎？國外的渾小子可不像我這麼紳士。」

這話戳中了胡榮的心事，他心中的猶豫更加深了，「呃，這個嘛……」

「而且你女兒又是個笨蛋，肯定會被騙財騙色的。」龍耀道。

胡培培的嘴角抖動了兩下，道：「你才是……」

龍耀舉起了兩根手指，道：「我智商在兩百以上。」

胡培培頓時沒勁了，無奈的垂下腦袋，道：「好吧！跟你相比，我是笨蛋。」

身為不良少女的胡培培，對誰都存在著逆反心理，唯獨對龍耀不敢忤逆。因為龍耀曾救過她的命，更展現過讓她佩服的實力。雖然胡培培嘴巴上不肯承認，但卻在內心裡依賴著龍耀。

胡榮摸著鐵青色的下巴，說道：「國外的治安的確不怎麼好啊！要不，還是讓培培別出國了吧？」

丁文佳見情況不對，便語氣不善的說道：「那她要怎麼生活啊？你有工夫照顧她嗎？」

被前妻這麼一罵，胡榮又沒有勁了，縮著脖子看向龍耀。

「啪」的一聲響，龍耀拍桌而起，道：「你們只想忙工作，沒有時間照顧她，對吧？」

胡榮和丁文佳被龍耀的氣勢震懾，不知道該如何回答這個問題了。

「那好！我來照顧她。」龍耀道。

「啊？」丁文佳以為自己的耳朵出了問題，「你？」

「對！以後胡培培就住我家，反正我家已經有不少人了，也不在乎再多一張嘴巴。」

「可是，培培在國內沒有前途……」

「那妳帶她去陌生的國外，就能保障她的前途了嗎？」龍耀用手指著丁文佳，就像反方律師一樣，道：「妳有百分之百的把握嗎？」

「呃……沒有……」

龍耀收回了手指，道：「我有。」

「啊？」

「暑假結束後，就是高三了。我保證讓胡培培考上大學，並且跟我就讀同一個學校。大學畢業後的去向，我也基本有了安排。總之，她的一生都由我來引導，絕對不會出現差錯的。」

「呃……」胡榮和丁文佳都張大了嘴，不知道該如何表達驚訝之情了。

胡培培有些不悅的噘了噘嘴，道：「你很喜歡操縱別人的人生嗎？」

「別人想讓我操縱，我還賴得去管呢！妳作為一個沒用的笨蛋，難道覺得自己的選擇，會比我規畫的路好嗎？」

胡培培的嘴來回噘了兩次，道：「好吧，你說了算。」

龍耀拉起了胡培培，道：「那我們走吧！還有很重要的事情，等著我們去做呢！」

「什麼重要的事情啊？」胡榮問道。

「拯救世界。」龍耀如實相告。

「切！又在胡扯了。」

「你們兩位在這裡坐會吧，所有的費用都記我帳上。」

丁文佳驚訝的看著這一幕，直到龍耀三人消失在門外，才道：「這、這、這難道是私奔嗎？」

「現代的年輕人，真是厲害啊！」胡榮感嘆道。

胡培培的手被龍耀緊攥著，飛奔在漫天飛雪的街頭。

「喂！你急什麼啊？」胡培培猛的停下腳步，將手從龍耀手中抽出，「哎，我跟你跑出來，到底對不對啊？」

「當然是正確的了，難道妳真想去國外？」龍耀踢了踢腳下的雪，道：「就憑妳的外語成績，想買片衛生棉都不會說。」

「哼！我當然知道去國外會不習慣啊！但是、但是……跟你在一起，真是太危險了，每次都斷手斷腳的。」胡培培說出心中的擔憂。

「怕什麼啊？反正妳是不死之身。」

沒錯！胡培培也是一名靈能者，她的靈能力是不死之身，斷肢能在瞬間恢復原樣，而且期間毫無痛苦之感。

「那我也會覺得不舒服啊！你一點也不瞭解女孩子的心，女孩子的心可是非常纖細的。就算看到電影裡的殺人鏡頭也會不舒服，更何況我每次都要看自己被殺的鏡頭。」

龍耀摳著鼻孔，道：「是這樣的嗎？我還以為不良少女都很粗野呢！」

「哼！不良少女也是女孩子好不好？」胡培培擺出一個姿勢，做出少女的柔弱狀。

「妳別擺出一副『林黛玉』的樣子。」

「為什麼不能啊？」

「因為妳這樣就跟『班長』角色重疊了。」龍耀走到自動販賣機前，點了三杯罐裝熱咖啡，但是因為天氣太寒冷的緣故，咖啡罐竟然卡在傳送通道上了。

「哼！憑什麼只有葉晴雲能撒嬌啊？我也希望成為被保護的對象。」說這話的同時，胡培培飛起一腳踢在販賣機上，下方「嘩啦啦」的滾出了一堆咖啡罐。

龍耀撿起一罐咖啡，看著胡培培的腳，道：「妳果然還是適合做不良少女。」

胡培培呆愣了片刻，雙手抓撓起了頭髮，道：「呃……不小心又暴露本性了，我好想轉變形象啊！」

一陣風雪從街道的盡頭吹來，雪中夾雜著沉重的腳步聲，其中還伴隨著濃厚的靈氣。

龍耀喝了一口熱咖啡，扭頭看向飛雪的方向。胡培培倒是什麼也沒感應到，還在不斷向衣服口袋裡塞咖啡罐。莎利葉一口吃掉了蛋糕，伸手向街頭揮出一道氣勁。

「碰」的一聲悶響，飛雪炸裂了開來，露出十名靈能者。為首的一人是個壯漢，大約四十多歲的年紀，身高在一米八以上，虎背熊腰的身軀充滿力量。他剃著軍人式的鍋蓋頭，面色黝黑的像是鍋底，但臉上卻有一個手印，手印呈現出鮮紅的顏色，而且明顯的凹陷了進去，連鼻梁骨都被一起壓平了。

葉晴雲和王風鈴跟在壯漢身後，臉上都掛著幾分為難的表情。再後面站著七名靈能者，是龍耀不認識的新面孔。

壯漢走到了龍耀的面前，以軍人一般的強硬態度，伸出了一隻粗壯的右手，道：「你就是龍耀嗎？我叫劉重，是靈樹會的戰鬥教官。」

龍耀用第六感掃了劉重一眼，初步估計靈能等級是LV5，但他自我介紹是戰鬥教官，估計擁有豐富的實戰經驗，所以實力應該再加上半級。

龍耀與劉重握了一下手，道：「十名靈能者竟然同時行動，不知道劉教官所為何事啊？」

「這次主要有兩個任務，第一件就是收服你。」

「嗯！什麼意思？」

「我接受了靈樹會會長的命令，這次一定要讓你加入靈樹會。」

「如果我拒絕呢？」

「那就只能使用暴力了。」

龍耀見對方的言辭不善，便急速的想把手收回來。但是劉重的手緊握著他的手，就像巨大鉗子似的。

莎利葉見龍耀被扼制住了，趕緊向著虛空中一伸手，憑空抽出了死神鐮刀，一刀砍在劉重脖子上。

只聽見「噹」的一聲暴響，莎利葉竟然被震飛出去，一頭栽進街頭的雪堆裡。而劉重卻依然站在原地，黑黑的臉上沒有一絲表情，脖頸處連個傷口都沒有留下。

這是莎利葉的死神鐮刀第一次失敗，要知道死神鐮刀可是神器級別的，以前從來沒人能挨得住一刀。

龍耀先是驚訝的望著劉重的脖子，接著又更加驚訝的看向他的面孔，發出一個讓劉重也很驚訝的問題，道：「這手印是誰留下的？」

「呃……」劉重像是石像似的呆了一刻，繼而嘴角蠕動出一個微笑，道：「難怪會長一定要收服你，原來你的思維這麼敏銳啊！」

「我猜你的靈能力是身體硬化吧？」

「不錯！」

「那是什麼人能在硬如鋼鐵的身體上，留上這麼一個不可磨滅的手印？」

「是一名真正的 LV7 靈能者。」

「真正的 LV7 靈能者？」

「對！我知道你在日本見到過一名 LV7 的靈能者，但我要告訴你的是她只是接近 LV7，與真正的 LV7 靈能者還相差甚遠。」

這句話讓龍耀異常的驚訝，他本來以為已經很瞭解 LV7 了，但沒想到現實與想像相差甚遠。

「一共有多少名 LV7 靈能者？」龍耀問道。

「有案可查的共有八名，都是傳說級的超一流高手。」

「LV7 的靈能者到底有多強？」

「人的極限，神的邊緣。」

龍耀的眼睛閃動了一下，道：「那LV8的靈能者，就相當於神了嗎？」

「沒有LV8的靈能者。」

「咦！為什麼？」

這話問倒了劉重，他怔了好一會兒，才反問道：「為什麼要有？」

「在人類還是原始人的時候，只會用十根手指來計數，後來智慧和文明不斷的發展，但『十』的地位從未被取代，因為『十』已經是烙入基因的進制。靈能者的等級體系只被分成七層，難道你不覺得這件事非常的奇怪嗎？」

「這……」劉重似乎突然想到了什麼，黝黑的臉龐閃過一絲驚慌。

「咦！難道你知道這其中有什麼秘密？」

劉重被龍耀的敏銳感知嚇了一跳，竟然主動的放開了鉗制他的手，就好像害怕被龍耀讀取思維一般。

「好厲害！或許你會成為最年輕的LV7靈能者，打破在我臉上留疤的那人的紀錄。」劉重道。

「那人多少歲達到了LV7？」

「二十一歲。」

龍耀倒抽了一口冷氣，他今天已經十八歲了，靈能等級才只有LV4.5，也就是說每年要升一級，才能跟那位傳說中的靈能者持平。雖然龍耀對自己的天賦非常自信，但也沒有信心能那麼快的增長等級。

「龍耀，看來你對靈能者的秘密很感興趣，到靈樹會來盡情的發揮你的才智吧！」劉重再次向龍耀伸出手來，但這次是出於邀請的意味。

「對不起！我有自己的路要走。」龍耀拒絕道。

「龍耀，你別無選擇。」劉重嚴厲的說道。

「班長，妳不是說靈樹會代表正義嗎？那為什麼還會強逼我呢？」龍耀扭頭看向了葉晴雲，道：「妳說我的正義是偏私的，那妳的正義又是什麼？」

「我、我、我……」葉晴雲無話可說了。

「龍耀，你就加入靈樹會吧，難得會長那麼器重你。」王風鈴有些無奈的道。王風鈴是葉晴雲的師姐，她也不想與龍耀起衝突。

「龍耀，不要扯什麼『正義』之詞，你拿了靈樹會的《靈如要訣》，難道加入靈樹會不是應該的嗎？」劉重道。

《靈如要訣》是靈能界的最高秘訣，世界上一共只存有一千篇，其中靈樹會掌握六百篇，對立的枯林會掌握三百篇，還有一百篇散落在世界各地。《靈如要訣》最珍貴之處在於，每篇要訣只能給一個人使用，使用過後便會像蒸氣一般的消失掉。

龍耀使用的玄術——奪天地一氣，便是靈樹會的《靈如要訣》中的一章。雖然當時是為了拯救城市，龍耀才從靈樹會的書庫中接受了要訣，但的確是欠了靈樹會一個很大的人情。

如今劉重提出了這一點，龍耀也沒話可以反駁了。但他還是不願加入靈樹會，尤其是在被逼迫的情況下。

劉重見龍耀一副油鹽不進的樣子，便向身後的七名靈能者一揮手，道：「把龍耀請回去。」

七名靈能者交換了一下眼色，擺出了訓練有素的戰鬥陣形，將龍耀三人圍在空曠的街頭。

龍耀輕輕抖了兩下袖子，幾根針灸針彈入了手中；莎利葉雙手緊握著鐮刀，三隻眼睛裡閃動著殺機；胡培培抱著一堆咖啡罐，臉上掛著哭喪的表情，道：「我就知道，跟你在一起，肯定沒好事。」

「上！」劉重發出了命令。

「啊！」七名靈能者一起撲了上來，準備同時發動靈能力，在一瞬間制服龍耀三人。

莎利葉揮動死神鐮刀做出了反擊，胡培培也拚命的擲出了咖啡罐。但龍耀卻在要做出攻擊的一瞬間，忽然聽到一道既熟習又危險的嘯響。

「咦？小心，快趴下！」龍耀突然大吼一聲，抱著莎利葉摔倒在地。

與此同時，一道無形的利刃劃破飛雪，向著站在街頭的眾人襲來。利刃隱藏在空氣之中，根本無法看到形跡，只能透過破壞的軌跡而推測。街頭的廣告牌、灌木樹、垃圾桶沿著一條直線破碎，而那條直線襲擊的終點便是龍耀。

劉重也發現了情況不對，挺著鋼鐵般的身軀一衝，替手下的靈能者擋下利刃。只有胡培培沒有人去管，連同懷裡的咖啡罐被一切為二了。

七名靈能者快速的向後撤退，然後心有餘悸的看著「死屍」，臉上都寫滿了恐懼的神情。但接下來的這一幕更加恐怖，嚇得他們晚上都不敢去廁所了。

從胸部斷成兩截的胡培培，竟然伸手拉過斷掉的半身，又重新接回到原本的樣子。

「龍耀，為什麼不救我？」胡培培大聲的抱怨著，道：「我也想被保護啊！」

「……看到妳生龍活虎的樣子，我就覺得沒有這個必要。」龍耀道。

劉重瞪圓了一雙虎目，衝著利刃襲來的方向，大吼一聲道：「無恥鼠輩，給我出來！」

「耶！耶！耶！沒錯，我就是一隻大老鼠。為了逃避戰爭、屠殺、背叛，我從下水道中逃了出來。但地面上的世界又怎麼樣，貪婪、偽善、野心就是一切。這天空降下的大雪，難道是神的警世嗎？莫非世界末日就要降臨，汙穢的人間將再次被清洗。」街頭響起了Rap的說唱聲。

下一秒鐘，一個留著爆炸頭的黑人，雙手緊緊的按著耳麥，臉上戴著紅色的風鏡，穿著破破爛爛的乞丐服，光著一雙黑色的大腳板，和著嘻哈的曲調走了過來。

劉重看著黑人青年走近，隔空向他打出了一拳，呼嘯的拳勁撕裂空氣，如重炮似的打在黑人身上。

黑人青年依然陶醉的搖晃著，在拳勁碰到他身子的一瞬間，突然像是麵條似的彎曲起身體，以毫釐的差距躲避了過去。拳勁在後面炸起一堆雪花，同時有九個人踏雪而來。

帶隊的一人名叫嚴岩，是枯林會的特勤隊長，同樣是LV5的靈能者。緊跟在後面是龍耀的老對手，一名叫做劉飛的LV4級靈能者，剛才的無形利刃就是他的靈能力。而在眾人面前表演說唱的人名叫傑克遜，同樣也是一名LV4的靈能者。再後面的七個人是生面孔，但明顯都是有戰力的靈能者。

靈樹會和枯林會，兩大對立的組織，竟然同時出現在街頭，並且各自出動了十人，這可是十分少見的情形。二十名靈能者面容嚴肅的對視著，劍拔弩張的氣氛充斥在街頭，就像瓦斯外洩一般，稍微一點火星就能引發大爆炸。

006 雪中送炭

雙方對視了好長時間，直到飛雪沒住了腳踝，這才慢慢的開始交流。

「嚴岩，你來做什麼？」劉重問道。

「奉枯林會會長之命，前來解決龍耀的事。」嚴岩回答道。

「哼！枯林會也想收服龍耀嗎？」

「不。我們會長的意思是，希望龍耀能保持自由。」

「什麼！」劉重和龍耀都大吃了一驚。

嚴岩的臉緊緊的繃著，從腰後摸出三個錦盒，揮手擲到了龍耀手上，道：「我也不知道盒裡裝著什麼，但會長說這三個錦盒，可以助你一臂之力。」

繼道門的冰霜劍皇讓龍耀無法猜透後，枯林會會長又成了第二個難倒他的人。

龍耀看著三個小盒子，見上面各寫著兩個字，道：「這是什麼意思？」

「會長說，讓你隨便使用『斷孽』盒。」嚴岩道。

龍耀的眉頭皺緊了起來，緩緩打開了一個錦盒。忽然，一道綽約的靈氣噴湧而出，震撼著在場的每一個人。龍耀驚訝的高舉起錦盒裡的東西，竟然是寫有《靈如要訣》的樹皮卷。

嚴岩和劉重都驚呆了！

要知道，《靈如要訣》十分珍貴，只有等級為LV5且立有大功的人，才有可能被授予《靈如要訣》，就連嚴岩和劉重都沒有資格獲得，而枯林會會長竟然白送龍耀一份。

更讓兩人無法想通的是，《靈如要訣》如同靈種一樣，靈能者只能吸收一份，那為什麼要再給龍耀一份呢？

龍耀起初也沒有想通，但他又看了一眼盒子，終於想明白了用處，揮手丟出了《靈如要訣》。《靈如要訣》的樹皮卷飛向劉重，後者驚訝的撲倒在雪地裡，才用雙手險險的捧住了。

「這靈訣是還給靈樹會的，從此我不再欠你們的了。」龍耀冷冷的道。

「這……」劉重瞪大了眼睛，道：「難道這就是枯林會的目的？」

嚴岩終於明白了會長的意思，在佩服會長的深謀遠慮之餘，他也對龍耀的悟性十分讚賞。看到死對頭的臉上一副哭相，嚴岩的臉上露出了得意的笑容。

但是，在一旁冷觀的王風鈴卻突然道：「龍耀，你用枯林會的東西，償還了靈樹會的債，這不就是拆了東牆補西牆嗎？」

葉晴雲受了師姐的提醒，也道：「對啊！龍耀，難道你不怕枯林會趁機要挾你嗎？」

龍耀扭頭看向嚴岩，希望能看出點端倪。

但嚴岩又把臉繃緊了，只道：「會長說，讓你當眾打開『如水』盒。」

龍耀狐疑的看了嚴岩一眼，打開了寫著「如水」的錦盒。「啪嗒」的一聲響，一塊炭從盒中滾出，掉落在了白雪之中。

在場的人臉色都微微一變，盯著那塊不起眼的黑炭，有人小聲的嘟囔了一句：「雪中送炭？」

「如水，君子之交淡如水，這是不求回報的意思嗎？」龍耀看了看錦盒上的字，問嚴岩道：「枯林會的會長是誰啊？難道想跟我交個朋友嗎？」

「會長的真實身分，我不方便向你洩露。至於是不是想跟你交朋友，那是他老人家的私事。」嚴岩給了一個十分官方的回答，就像新聞發言人回答記者一樣。

龍耀輕輕的點了點頭，感覺這會長很有意思，伸手便想打開第三個錦盒，那個盒子上寫著「解憂」兩個字。

但嚴岩卻突然出言阻止，道：「會長說，第三個盒子，讓你回家再打開。」

「咦！為什麼？」

「你有兩百多的智商都不知道，我又怎麼能懂會長的意思？」嚴岩無奈的聳著肩膀道。

龍耀將第三個錦盒小心的收起來，道：「枯林會會長，果然有絕世高人風範啊！」

枯林會的會長的確老到，雖然沒有明說收服龍耀，但卻建立起良好的關係。而靈樹會的戰術就太差了，無形之中已經和龍耀敵對了。

看到嚴岩得意的樣子，劉重恨得牙根一陣癢，攥起拳頭向手下一揮，道：「我們今天不能就這麼算了，無論如何都要完成會長的命令。」

嚴岩對此並不感意外，同樣作為一名指揮官，如果兩人對調立場的話，他也會採取一樣的措施。不過雖然能夠理解對方，但卻仍不能向對方放水，嚴岩朝身後擺了一個手勢，枯林會的人也做好了戰鬥準備。

一場靈能者之間的廝殺，眼看就要在此展開了。可忽然，街頭傳來了引擎聲，一輛小轎車緩緩駛近，靈能者們馬上收攏起殺氣，都轉身擺出面壁的迴避姿態。

轎車「滴滴」的鳴了兩聲笛，竟然停在了這群人的旁邊，車窗玻璃緩緩的降下來，露出了沈麗興奮的俏臉。

「兒子，你在這裡幹嘛呢？」沈麗問道。

「散步。」龍耀淡然的道。

「哦！快跟媽媽回家吧，我有好消息宣布。」

劉重不耐煩的望著天空，希望普通人儘快走過去，不要影響他完成任務。但在聽到沈麗聲音的一瞬間，他那高大魁梧的身軀竟然顫抖了。

「這個聲音，難道、難道、難道是……」劉重的額頭上掛滿汗滴，偷偷回頭看了沈麗一眼。

一瞬間，劉重的呼吸停滯了，連心律都成直線了。

沈麗也看到了劉重，但卻沒有什麼反應，只是將嘴巴嘛了嘛，低聲道：「臉上畫著一個手印，這是新的行為藝術嗎？」

沈麗又把注意力收了回來，樂呵呵的說道：「培培也在啊！一起過來吧！對了，還有班長……」

葉晴雲眨了眨大眼睛，用力咬了一下嘴唇，道：「不了，阿姨，我還有事要辦。」

「哦！那太可惜了。」沈麗載上龍耀三人，開車駛進了飛雪中。

直到引擎聲徹底消失，劉重才從窒息中恢復，大腦又重新運作起來。

「剛才那女人到底是誰？為什麼她不認識我啊？難道是我認錯人了嗎？」一連串的疑問湧上心頭，讓劉重沒心情與枯林會火拚了。

劉重一想到「枯林會」，馬上就聯想到了嚴岩，急切的看向他的表情。而嚴岩也是採取一樣的反應，所以兩人的目光在中途相遇了。

兩個死敵凝視著彼此的眼睛，都看到了焦慮、疑惑、煩亂，還有埋藏在心底的極端恐懼。

「難道你也覺得很像？」劉重摸著臉上的傷疤道。

嚴岩沒有回答這個問題，只是用力揉捏著太陽穴，道：「我感覺頭好痛，今天就這樣結束吧！」

「我同意。」

兩名隊長互望了一眼，一聲不吭的轉身走了。兩邊的手下傻站了一會兒，也馬上追著隊長離開了。

一場本應該鮮血四濺的廝殺，就這麼稀里糊塗的結束了。

沈麗手舞足蹈的回到家中，把所有的孩子集中在一起，宣布道：「我要參加大學同學會了。」

龍耀翻了翻白眼，道：「就因為這點事？」

「啊！大學的同學啊，好多年沒見面了。大家好不容易聚一下，還有從國外回來的呢！」

「那關我們什麼事啊？」

「本來聚會選定在紅島市的，但因為天氣突然變得這麼差，所以大家決定乘遊輪出海玩。」

沈麗拍了拍手，道：「五天六夜的超豪華海上遊哦！」

冰霜劍皇製造了「六月飛雪」的天氣，但這天氣只覆蓋了紅島市的上空，外海還處在炎熱的夏日之中。

龍耀捏著下巴思考了一下，道：「很好！妳去吧。」

「啊！你這熊孩子啊，媽媽就要走了，你不會挽留一下嗎？」

「如果我挽留妳，妳就不去了嗎？」

「當然不會了。」沈麗肯定的說道。

「那我還挽留妳幹嘛？」

「你這孩子一點也不懂女人的心，真不懂女孩子為什麼還跟著你？」

維琪撲倒在龍耀的懷裡，道：「媽媽不懂啦！這才是哥哥的魅力所在。」

龍耀抱住亂拱的維琪，將她放正坐在大腿上，道：「本著為在外工作的爸爸負責的態度，我先要詢問一下有沒有男人參加，有沒有妳以前暗戀的對象之類的？」

「哦！同去的都是女同學。」沈麗隨意的擺著手，突然意識到了什麼，道：「什麼叫我暗戀的對象啊？你這熊孩子真是不懂事，媽媽當年可是校內一枝花，有多少男同學追著我不放，我還需要去暗戀別人嗎？」

「妳就吹吧！反正我也沒見過。」龍耀道。

「哼！你也不想想你是遺傳了誰的基因。」沈麗噘起了俏麗的嘴唇，嬌媚的樣子一點不比少女差，「同遊的女同學們大都當媽媽了，所以大家希望能帶孩子一起去。」

「我沒空。」龍耀冷淡的道。

「哼！就算你哭著想去，我也不打算帶你。」沈麗笑著看向了維琪，道：「跟媽媽一起去玩吧！帶一個金髮藍眼的女兒，肯定會羨慕死她們的。」

「我不要。」維琪扭頭抱住了龍耀，道：「我要和哥哥在一起。」

沈麗又摸了摸艾憐，道：「那小憐跟我一起去。」

「我不要。」艾憐也轉身抱住龍耀，道：「我要和哥哥、姐姐在一起。」

「哎——媽媽好傷心啊！」沈麗做出「西子捧心」狀。

龍耀摸了摸艾憐的頭，道：「妳跟媽媽去吧！就當可憐她了。」

「你這熊孩子，不要太得意啊！」沈麗揪住龍耀的耳朵道。

艾憐以為媽媽真的生氣了，趕緊轉身抱住沈麗的大腿，道：「媽媽，妳不要生氣啊！我是跟妳開玩笑的，不要再欺負哥哥了。」

維琪也趕緊抱住沈麗，在臉頰上連親好幾口，道：「是啊！媽媽不要生氣啊！我是真的有事啊，一定要留在哥哥身邊才行。」

「嗯！那好吧！」沈麗點了點頭，道：「艾憐去準備一下行李，我們過一會兒就出發。」

沈麗和艾憐準備好換洗衣物，便高高興興的駕車去了碼頭。沈麗前腳剛剛離開，林雨婷後腳就來了，兩人的車轍都重合了。

「媽媽去旅遊的這幾天，家裡的事情由我來料理。」林雨婷得意的拍著胸脯，一副女主人的派頭。

「唉！才送走一個討厭鬼，又迎來一個麻煩鬼。」龍耀嘆息道。

「啊！我好心好意的來幫忙，你有什麼不滿意的啊？」林雨婷雙手扠腰，將身子壓低下來。

透過女式襯衫的衣領，嫵媚的乳溝時隱時現。

龍耀捂住有些發熱的鼻子，道：「滿意，滿意，非常滿意。」

「這還差不多。」林雨婷掃了一眼室內，見胡培培坐在電視前，便不悅的噘起了嘴，道：「才送走了葉晴雲，又迎來了胡培培，你可真是忙啊！」

「對了！我有件事要宣布，胡培培今後就住這裡了。」龍耀淡然的道。

「為什麼？」

「妳就當我收養了一隻流浪狗吧！」

胡培培翻了翻白眼，道：「為什麼別的女孩當妹妹，而我的等級就那麼低？」

「因為妳是笨蛋嘛！笨蛋是沒有人權的。」龍耀道。

「可惡！真是氣死我了！」胡培培雙手攥拳，但卻無力反駁。

林雨婷直起身子來，安心的舒了一口氣，道：「你也真會給媽媽找麻煩，你知道扶養一個孩子，要耗費多少心力嗎？」

「我覺得我媽什麼也沒耗費，她反而還多了幾個玩具。」龍耀道。

沈麗奉行的是放任教育法，孩子們基本都在互相照顧。當然，這種方法也只適應於特殊家庭，畢竟不是每個家庭的子女都是靈能者，而且還是一個身纏億萬的富商靈能者。

「那媽媽也要關心你們啊！總之當媽媽是很累的。」林雨婷刻意強調了一下女人的辛苦，目的是為自己的將來做好準備。

「那妳就別當媽媽了。」龍耀在沙發上挪動了一下，突然間感覺到口袋裡的錦盒，這才想起還有一個「解憂」盒沒開。

「啊！我不是這個意思，我可是很喜歡小孩子的。」林雨婷揉了揉發紅的臉蛋，低聲問龍耀道：「你以後想要幾個孩子啊？」

龍耀的注意力全集中到了錦盒上，根本沒有注意林雨婷的問話，便隨口道：「我肚子好餓啊！」

林雨婷不悅的嘛了嘛嘴，道：「好吧！那我去做飯。」

等林雨婷進入廚房之後，龍耀才將錦盒平放在桌上。莎利葉、維琪、胡培培三人圍攏了上來，紫色、藍色、黑色的七隻大眼睛，一動不動的盯著這個奇怪的盒子。

龍耀深吸了一口氣，慢慢的打開了盒蓋。忽然，一股巨大的靈氣噴湧而出，氣勢比《靈如要訣》還強烈。

四人都不約而同的以手遮眼，爾後才敢慢慢的看向盒內。盒內放著一本古舊的書，書上寫著幾個古體字，三個女孩都沒有看懂字意。

龍耀將古書慢慢的舉起，眼睛盯著那幾個古字，讀道：「《無字天書》第二卷——缺一者為尊。」

「咦——」

「嘶——」

「啊——」

三個女孩各自發出了驚嘆。

「枯林會會長，也未免太大方了吧！」維琪晃著小腦袋道。

「道門絕學《無字天書》，這應該比《靈如要訣》更珍貴吧？」胡培培感嘆道。

「最值得驚訝的是他送書的時機吧！難道他知道我們要對付冰霜劍皇嗎？」莎利葉道。

根據李洞旋先前給予龍耀的情報，冰霜劍皇的劍術名叫「萬劍歸宗」，是當今天下最為完美的劍術。而唯一能破解這種劍術的，便是《無字天書》中的某一卷。

李洞旋當時也不知道是哪一卷，現在看來就是這第二卷——缺一者為尊了。「缺一者為尊」，卷名就說明了一切，「完美」並不代表無敵，「缺一」才是真正的至尊。

「『缺一者為尊』，天下竟然還會存在這種奇術，這一卷看來比『一氣化三清』更加匪夷所思。」龍耀深吸了一口氣，慢慢的翻開了封面。

與《無字天書》的第一卷相似，第二卷上也寫滿了文字，但是比第一卷更加晦澀難懂。龍耀發揮高智商的強項，將書快速的翻閱了十遍，但心中的疑問卻越來越多了。

第一個疑問：書的封底寫著「五十」頁，可全書其實只有四十九頁，根本不知缺了哪一頁。

第二個疑問：書頁竟然不是按順序編訂的，而是散亂無章的訂在了一起，連閱讀的前後都無法確定。

第三個疑問：書中每頁故意殘缺了大量字詞，龍耀試著按文法向空缺處填入詞彙，發現很多詞都合適，而且每填進一個新詞，就會使全文的意思大變，但又不會產生前後矛盾。

龍耀看完這本《無字天書》後，只覺得大腦變成了一團漿糊，胃裡的東西不斷的向上翻湧。

「《無字天書》一卷比一卷難懂，真不愧是道門最高玄學。」龍耀說完這聲感嘆，就進洗手間嘔吐去了。

三個女孩面面相覷了一番，盯著桌子上的《無字天書》，本來都懷著莫大的好奇心，但現在沒人敢伸手去翻了。

客廳裡像時間停止一般的寂靜，只有洗手間裡不斷傳出嘔叶聲。這種狀態持續了十幾分鐘，最終由林雨婷打破了這份窒息。

「喂！吃飯了啊！」林雨婷端起一盤家常小炒走出，將《無字天書》隨意抄在了手中，然後將盤子放在了飯桌中央。

三個女孩仍然坐在桌邊沒動，眼睛都隨著林雨婷的手抬起。林雨婷被下面的三人盯得心裡發毛，左左右右的晃了晃手中的書本，發現三個女孩像是被攝了魂魄似的，眼睛也追著書本而左右晃動著。

「啊！什麼鬼書啊？」林雨婷隨意翻了兩頁，臉上出現了一絲不屑，道：「這不就是一些江湖騙術嗎？你們從哪裡搞來的這書啊？」

龍耀終於清理完了腸胃，手扶牆壁走出了洗手間，道：「什麼江湖騙術啊？這可是……唉！說了妳也不懂。」

「哼！你以為就你懂啊？」林雨婷把《無字天書》丟在沙發上，說起了自己身為「天才少女」的歷史，道：「我爸爸就愛看些『奇門遁甲』之類的東西，我三歲的時候都把這些書當啟蒙讀物。」

龍耀對此並沒有太在意，軟綿綿的躺倒在沙發上，「哦！那妳可真厲害啊！」

林雨婷扠著腰來到沙發旁，以唯物主義者的姿態訓斥道：「這些書的內容都差不多，就算我不用看完，也能知道大概說了些什麼。」

「哦？那妳說來聽聽。」

「無怪乎一些『陰陽玄理』嘛！比如：無坤壬乙，巨門從頭出；艮丙辛，位位是破軍；再比如：大衍之數五十，其用四十有九；還比如……」林雨婷掰著漂亮的手指頭，流利的背出十多年前的東西。

龍耀像海蜇似的癱在沙發上，眼前的世界還在天旋地轉中，但突然他的耳朵捕捉到了什麼，致使他的身體反射性的跳了起來。

龍耀站起身來後，怔了大約一分鐘，才道：「妳剛才說什麼？」

林雨婷被龍耀嚇了一跳，也怔了大約有一分鐘，道：「陰陽玄理，無坤壬乙，大衍之數……」

「大衍之數五十，其用四十有九，這句是出自什麼？」

「《易傳》。」

《易傳》是本解讀《易經》的書，相傳其學說是由孔子所提出，後由孔子的弟子整理而成。

龍耀的眼睛猛的瞪大了，喃喃自語道：「原來如此啊！第一卷是推演自《道德經》，第二卷是推演自《易經》。」

龍耀的思緒被引出，馬上就有所領悟了。「大衍之數五十」、正對應封底寫的「五十頁」，而「其用四十有九」，則暗合書的真實頁數只有四十九頁。也就是說，這本書從一開始就缺了一頁，完美的詮釋了「缺一者為尊」這個主題。

第一個疑問就這樣被解開，而破解剩下的那兩個疑問，龍耀也有了一些頭緒了——那兩個疑問的答案，肯定能在《易經》裡找到相關內容。

龍耀的內心已經欣喜若狂，但嘴角卻只表現出一個微笑。他輕輕的伸手拍在林雨婷肩上，道：「有妳在，真是太好了！我果然沒有看錯人，妳是我最好的助手。」

「咦！真、真、真是難得啊，你竟然還會誇我。」林雨婷雙手捧著俏臉，臉頰上布滿了紅霞，道：「仔細回想一下，這好像是你第一次誇獎我啊！」

龍耀很鄭重的拍了拍林雨婷的肩膀，道：「我去看點東西，妳們先吃飯吧！」

龍耀撿起那本《無字天書》，微笑著走進了隔壁的書房，在網路上搜索起《易經》來了。

林雨婷捧著發燙的臉蛋，在高興之餘，又有點惋惜，道：「唉！剛才看他那麼高興，還以為要親吻我呢！」

雖然林雨婷感覺可惜，但維琪卻不這樣認為。因為維琪看出龍耀非常興奮，如果換作是她破解的話，那龍耀一定會抱著她親吻慶祝的，但龍耀卻只是拍了拍林雨婷的肩膀，這說明龍耀對林雨婷的態度更慎重，而跟自己則更像是普通的兄妹關係。

「嗯，莫非我最大的對手是這個老女人嗎？」維琪捏著下巴自語道。

林雨婷沒有聽到前面的話，只聽到「老女人」三個字，面帶怒氣的看向了維琪，道：「小臭丫頭，又在偷偷罵我嗎？」

「哼！沒有。」維琪拒不承認。

「我都聽到了。」

「那是因為妳出現幻聽了，一定是更年期的緣故。」

「啊！可惡的小丫頭，真是氣死我了！」

在兩個女孩為無聊的小事爭吵的時候，莎利葉和胡培培已經把晚飯吃光了，然後抹著嘴巴來到了書房中。

「有什麼進展嗎？」莎利葉問道。

「嗯！稍微有一點苗頭，但還是很難讀懂。」龍耀滿臉都是愁容，額頭上綻滿了青筋。

「看來聰明人也很辛苦啊！」胡培培聳了聳肩膀，感覺做笨蛋也很幸福。

電腦桌對面有一張小茶几，那兒是莎利葉的專座，上面擺滿了各種零食。莎利葉看到龍耀很辛苦，便難得大方的分給他了一點零食。

在龍耀吃小蛋糕時，忽然手機急促的響起，是小師弟侍劍打來的，報告了一個重要的情報。

「師兄，你不是讓我盯著師父嗎？」侍劍道。

「對啊！他有什麼反常嗎？」龍耀問道。

「他吃過晚飯後，換了一套新衣服，一個人爬山去了。」

「哦！果然不太正常，去了哪座山啊？」

「鐵筆峰，這附近最高的一座山峰。」

「好！我知道了，下次給你們帶禮物。」龍耀關掉了手機，道：「如果我沒有猜錯的話，李洞旋十有八九是要跟劍皇會面。」

「憑什麼這麼說啊？」莎利葉問道。

「從與李洞旋的對話之中，可以推測他跟劍皇有交情。道門總壇讓李洞旋閉門謝客，也只有劍皇能讓他外出了。」

「嗯！有點道理。」

「我們去鐵筆峰下埋伏，找機會試著刺殺劍皇。」

「試著？」

「對！謹慎一點！如果不成功，就果斷撤退。」

龍耀三人從窗戶翻出去，乘坐計程車來到郊外，踏雪進入黑暗的山區。

007 劍皇現身

鐵筆峰，山如其名，就像一枝鐵筆，垂直的插入大地。整座山峰是一塊完整的石頭，像一根石墨做成的鉛筆芯，表面沒有任何可以攀援之物。

鐵筆峰上沒有任何土壤，自然也不會生長樹木了，光禿禿的峰頂上只有積雪。雪花一層層的累積起來，在自身壓力的影響下向外擴張，最終形成一個蘑菇頭似的雪蓋子。

李洞旋施展道門輕功——踏雪無痕之術，雙腳像是懸浮在雪上一般的急駛而來，轉眼便從隱居的山丘來到了鐵筆峰下。

李洞旋望了一眼頭上的鐵筆峰，運用道門的吐納術聚起一口真氣，才一鼓作氣猛的衝向山峰。李洞旋雙腳踩著筆直的山峰表面，逆著地心引力的方向衝刺了兩百米。

如果換作是平時的鐵筆峰，那李洞旋已經可以登頂了，可現在雪蓋擋住了前路，迫使他只能凌空飛渡。

李洞旋的雙腳凌空飛踢，在半空中劃出一道弧線，眼看就要繞過雪蓋，可突然他丹田中的真氣一洩，身子像塊石頭似的直墜了下去。

就在這危機時刻，忽然一陣風吹起，將李洞旋托了回來！李洞旋趴在雪蓋上面，「呼呼」的喘著粗氣。

「李洞旋，在這深山裡隱居多年，你的身手都退化了。」有一個清麗的女聲說道。

「呼！我喜歡這片山林的與世無爭，就算放棄一身修為也無所謂。」李洞旋道。

「呵！這話真不像『辣手神判』該說的。」

「以前的綽號就不要再提了，現在我的道號是清游真人。」李洞旋望向了對面。

雪蓋的對面有一張雪椅，就像帝皇的王座一般，四周附著雪雕的龍鳳。一名白衣女子端正的坐在雪椅上，飄舞的衣袂好似九天仙子下凡塵。女子的頭上戴著雪笠，面前垂著白色的輕紗，全身籠罩在一片神秘之中。

李洞旋長嘆了一口氣，道：「劍皇，難道妳就不能體諒一下老年人，選擇一個地勢平坦的地方見面，不好嗎？」

冰霜劍皇「咯咯」的笑了起來，那笑聲就像冰稜一般的清脆，道：「那你怎麼不體諒一下我的辛苦，讓一個弱女子在風雪中等你大半夜？」

「妳算哪門子弱女子啊？天下已經沒有幾人強過妳了。」李洞旋搖了搖頭，道：「而且這風雪還不是妳自己召來的嗎？」

「唉！你以為我閒得無聊才召來風雪嗎？還不都是因為你那個寶貝徒弟。」

「妳為什麼要約他決鬥？而且還造出這麼大的聲勢？」

「我是被逼無奈啊！」

冰霜劍皇輕嘆了一口氣，道：「你知道嗎？龍耀屢次破壞魔法協會的計畫，而且還打傷了白冰，這讓協會中的激進派大為光火，因此有意藉此機會向東方道門開戰。」

「我聽說過一點消息。」李洞旋滿臉焦慮的道。

「魔法協會和道門表面上很友善，但實際卻是水火不相融的關係。近年來，道門日漸凋敝，更引得魔法協會虎視眈眈，急欲向東方大陸擴展勢力。」冰霜劍皇將身子斜靠在扶手上，一陣料峭的寒風輕輕撩起她的長裙，露出一雙如同冰雪雕琢而成的美腿。

「這個我也知道。」

「魔法協會現在需要的只是一條導火線，而龍耀很可能就會變成那條導火線，所以我一定要在他們之前掐滅火苗，否則玄門的戰火就會蔓延東西兩大陸。」

「我明白了！妳讓紅島市六月飛雪，並透過媒體散布消息，就是為了讓全世界玄門都知道，由妳冰霜劍皇來了結這樁恩怨。」

「對！只有這樣做，才能阻止戰爭爆發。」

「那龍耀怎麼辦？」

冰霜劍皇沉默了一會兒，道：「他只能做犧牲品了。」

「妳真的打算殺了他？」

「我別無選擇。」

「可龍耀是無辜的。」李洞旋忍不住大吼了出來，雪蓋被震得破碎下去一塊。

冰霜劍皇沒有針鋒相對的論辯，而是慢悠悠的講了一個故事：「如果有兩條船，一條載著一個人，另一條載著數萬人。突然風暴來臨了，兩條船同時進水。你必須拆掉一條船，用木板去修補另一條，你要如何去選擇？」

「我、我、我……」李洞旋無言以對了。因為他知道劍皇的選擇是正確的，殺掉龍耀的確是犧牲最小的方法。

「你以為我殺掉龍耀，心情會非常舒坦嗎？」劍皇微微嘆息了一聲，雪蓋破裂成碎塊，「你能體會我所要承受的心理和道德上的雙重壓力嗎？」

「我不明白！我一直視龍耀為弟子，所以才會心存不忍。」李洞旋驚訝的望向冰霜劍皇，道：「但妳和龍耀又有什麼關係？如果龍耀只是一介路人的話，那妳沒必要有這麼多憂慮吧，畢竟我們的雙手都曾經沾滿了鮮血。」

冰霜劍皇將一隻手高舉了起來，纖纖五指如同羊脂白玉似的。但她自己知道這雙手並不乾淨，上面沾滿了成千上萬人的鮮血。

「我與龍耀的關係，是我個人的私事，你不需要知道。」冰霜劍皇很冷淡的道。淒厲的風盤旋舞動，慘淡的雪時起時落，山谷中死一般的寂靜。李洞旋和冰霜劍皇對視在峰頂，兩人的心都慢慢的沉入黑暗中。

「我該走了。」

冰霜劍皇緩緩的站起身來，身下的雪椅轉瞬間散碎了。

「等一等！等一等！也許還有別的辦法。」李洞旋極力挽留道。

「早就沒有別的辦法了！我們都走在一條絕路上。」冰霜劍皇飛身向外一跳，白色的身影隨風而去。

李洞旋忽然雙膝一軟，踉蹌的摔倒在雪上，一雙老眼中飽含著淚，道：「用一個錯誤去彌補另一個錯誤，難道這就是玄門世界的規則嗎？」

冰霜劍皇離開鐵筆峰後，心情不比李洞旋好多少。她駕馭著疾風，隨著雪花而動，急速的衝下山坡，向著東邊的海岸奔去。

前面出現了一片喬木林，都是高聳挺拔的松柏，粗壯的樹枝彼此掩映著，將道路遮擋的非常嚴密。冰霜劍皇不斷的嘆著氣，側身鑽進松柏林之中。

一絲微弱的割裂聲忽然響起，劍皇的袖角在無形中破碎了。

如果換作是一般高手的話，肯定來不及做出反應，但劍皇可是絕頂的高手，在袖角破裂的一瞬間，便向前噴出一口真氣。

真氣的反衝力抵銷了劍皇的衝勁，讓身體懸浮在了樹枝和雪地中間。冰霜劍皇的雙眼閃過一道白光，透過眼前白色的紗縵掃視了一圈。

以冰霜劍皇的位置為中心，方圓一千米的樹木之中，布滿了鋒利如刀的龍涎絲。每條絲線都泛著寒光，急切的等待著獵物落入。

冰霜劍皇發現了這個「陷阱」後，嘴角露出了一絲冰冷的微笑，道：「真不愧是李洞旋看重的人，但你是不是太輕視本皇了？」

冰霜劍皇猛的震了一下身體，強勁的靈氣向四周擴散，周圍的雪受到靈氣激發，凝結成數十把大冰劍。大冰劍將龍涎絲繞在劍身上，再沿著八卦之序快速旋轉，將設陷阱的絲線盡數攪碎。

冰霜劍皇仔細聆聽著風的聲音，突然向著一株雪松擲出冰劍，道：「出來吧！我知道你躲在那裡。」

在雪松被擊碎的同一時刻，莎利葉猛的跌出了樹冠，揮動起巨大的死神鐮刀，拽著一道銀光砍來。

冰霜劍皇見這招來得凶猛，有意後躍暫時避開鋒芒。但就在她的雙腳要飛退時，突然一雙手從雪中伸出，死死的攥住了她的腳踝。

「咦！雪下有人？為什麼沒有感覺到生氣？」冰霜劍皇低頭看了一眼腳下，同時雙手向著中央一合。

所有的冰劍都聽從劍皇的召喚，在她的面前排成一堵劍牆。莎利葉的鐮刀猛擊在劍牆上，將堅硬的劍牆按前後順序擊成碎塊。在莎利葉的努力不懈之下，鐮刀終於擊破最後一堵牆，眼看就要砍在劍皇身上。

就在這個時候，劍皇終於發威了，展現出絕世高人的風範。她伸手拆斷一條松枝，用這軟綿綿的松枝一擋，與死神鐮刀對擊在了一起。

「喝——道法開光！」冰霜劍皇喝出了道門法咒，右手捏劍訣向樹枝上一抹，道：「真氣所至，無物非劍。」

松枝散發出強烈的劍意，竟然瞬間到達神器級別，將死神鐮刀崩飛出去，連帶莎利葉也被摔進雪堆中。接著，冰霜劍皇將松枝插入腳下，將藏在積雪中的胡培培挑了出來。

胡培培一手按著心臟上的匕首，一手握住冰霜劍皇的松枝，驚訝的大呼小叫起來。

冰霜劍皇的臉上也滿是驚訝，道：「自己刺穿自己的心臟嗎？難怪我感應不到活人的氣息。」

「啊！放開我。」胡培培叫道。

「竟然在這種情況下還能活蹦亂跳的，妳是不死之身嗎？那我可要看看妳的能力有多強！」

劍皇猛的搖動起松枝，劍氣肆意的飛濺起來，如同攪拌機的刀片一般，將胡培培削成了肉塊。

在冰霜劍皇虐殺胡培培的時候，龍耀突然出現在她的身後，雙手瞄準對手大開的空門，悄無聲息的發動起「袖裡藏龍」。狂暴的靈氣猛的噴湧出來，在半空中翻捲著組成龍形，亮牙撩爪的吞噬向了劍皇。

007 劍皇現身

冰霜劍皇感覺到背後的靈氣，將拿松枝的手臂向後一背，輕描淡寫的震出一道劍氣。劍氣在空氣中凝結成實體，竟然將靈氣組成的龍一劍兩斷，就像用快刀去切一根黃瓜似的。

龍耀趕緊控制手中的龍涎絲，操縱分散在劍氣中的伏羲九針。伏羲九針重新聚集起來，忽然變成九條小龍，蜿蜒飛舞著襲向劍皇的要害。

劍皇像是舞蹈似的躍起，手腕輕柔的搖動著松枝，輕鬆的撥開伏羲九針，向著缺陷的第十針刺去。

龍耀冷靜的壓制住心跳，慢慢的閉攏上雙眼，悄悄的打開第六感。

一瞬間，龍耀周圍的一切都變慢了，感官達到人類的極限，所有的訊息都顯露出來。眼前的景色已不再是普通的樣子，而是變成了由亮線勾勒的線條畫，就連無形的風也被勾畫出來。

龍耀的感官不斷的向外擴展，整座山脈變成了一張三維地圖，山中的一切都被收納入腦中，帶著幼仔登高嚎叫的母狼、擁擠在樹冠上取暖的麻雀、藏匿在冰河下冬眠的鯉魚、甚至是隨風而落的蛾蝶……

整座山林的訊息都被搜集了起來，像是數據鏈一般進入龍耀的腦中。

這一切看起來非常的緩慢，但實際過程還不到半秒鐘。

冰霜劍皇並不知道龍耀在做什麼，依然將手中的松枝刺向了缺陷。但就在松枝要刺下的關鍵時刻，龍耀的雙眼突然暴起一道靈光。

一瞬間，所有的感官都收縮了回來，就像是宇宙大塌縮一般，海量的訊息在腦中爆發了。

「大衍之數五十，其用四十有九。」

龍耀將雙手快速的交叉幾下，從指端雜亂的扯出四十九條龍涎絲。龍涎絲在龍耀身前盤旋交織，幻化出無數虛虛實實的圖案。

「這……」冰霜劍皇的松枝已經到達龍耀心口，但卻突然發現找不到缺陷在何處了。

雖然冰霜劍皇憑藉著高超的戰鬥經驗，明顯的察覺到龍耀的招術裡存在著缺陷，但看著四十九條龍涎絲來回交織，根本無法看出缺陷究竟在什麼地方。

冰霜劍皇稍微怔了一會兒，最終決定放棄尋找缺陷，而是直接用暴力擊垮龍耀。但當她想使出劍招時，突然又感覺劍氣被牽制住了。原本凌厲無比的劍氣被四十九條龍涎絲牽著，不由自主的在變化不停的編織圖中穿梭著。

「這是怎麼回事？」冰霜劍皇吃驚的注視紊亂的劍氣，又抬頭望向近在咫尺的龍耀，發現無論怎樣也傷害不到他。

「妳的完美之劍已經在缺陷的迷宮中迷路了。」龍耀瞪了一眼冰霜劍皇，道：「缺一者為尊。」

「咦！難道《無字天書》的傳說是真的？」

在冰霜劍皇驚訝的時候，莎利葉猛的衝出雪堆，在半空中展開翅膀。六隻巨大的紫色天使羽翼一出，隱藏在每根翎羽中眼睛都睜開了，數千隻眼睛都把憤怒的目光投向劍皇。

莎利葉在半空中旋轉了一下死神鐮刀，鑲在刀頭上的巨大紅色眼球猛的瞪圓了，充滿了對世上所有生靈的憎恨。鐮刀桿上發出一陣耀眼的光芒，鐫刻在上面的咒印層層解鎖，使鐮刀的尺寸變成原來的兩倍大。

莎利葉抓著大得出奇的鐮刀，斜肩鏟背砍向冰霜劍皇，「去死吧！我以地獄七君主的名義發誓，會在地獄中給妳設立一個雅座的！」

冰霜劍皇第一次露出頹敗之勢，但還沒有到被逼上絕路的地步。她在稍微猶豫一會兒後，終於使出一招讓人驚訝的防禦術——「冰盾」。

巨大的半圓形冰盾擋在劍皇頭上，盾面上散發著強烈的魔法氣息，這跟東方道術完全不是同一類的。莎利葉的死神鐮刀砍中冰盾後，兩人都受到巨大的衝擊力。

在冰盾破碎的一瞬間，冰霜劍皇借力向著側面一閃，巧妙的使出一招「金蟬脫殼」，從龍耀的龍涎絲迷宮中逃出。

莎利葉在半空中翻滾了兩下，用力振動翅膀才穩住身體，接著便想揮鐮刀發動反擊。但龍耀卻突然伸手制止，道：「停！我們低估劍皇的實力了。」

莎利葉想起了龍耀的囑咐，便將死神鐮刀收回到背後。

龍耀將龍涎絲收了起來，道：「剛才的那一招冰盾，我曾經看白冰使用過，妳到底與她是什麼關係？」

「這不關你的事。」

冰霜劍皇摸了一把後背，手指觸到黏黏的一片血。原來是莎利葉的那一刀，雖然沒有直接砍中她，但刀氣卻劃傷了她的肌膚。

冰霜劍皇仔細的體味著久違的傷痛，回想著上一次受傷是在多少年前。

「真是麻煩啊！」龍耀昂天嘆了一口氣，道：「看來我是殺不掉妳了。」

莎利葉看了龍耀一眼，道：「我們並沒有敗啊！」

「不！我們已經敗了！我們剛才佔了天時、地利、人和，而劍皇卻根本沒有使出全力，這樣我們才勉強跟她打平。如果再出手的話，我們絕對沒勝算！」龍耀冷靜的分析道。

「龍耀，你的頭腦和才華，真讓人感到恐懼。」冰霜劍皇冷冰冰的望著龍耀，道：「我幾乎忍不住現在就要殺了你，因為我害怕四天後就不是你的對手了。」

「呵呵！那您真是過獎了！我還是有些自知之明的，就算我的天賦再怎麼好，想要與前輩並駕齊驅的話，恐怕還需要再苦練個四、五年。」

「知己知彼，百戰不殆！身為一個少年得志的後輩，你能有這種程度的覺悟，將來絕對是前途無量。」冰霜劍皇的口氣中有些欣賞，但馬上又輕輕的嘆了一口氣，道：「只可惜，你沒有『將來』了。日月同輝夜，天海一線決，我一定要當眾殺掉你。」

忽然，一陣凜冽的山風吹起，李洞旋竟然追了上來，道：「誰想殺龍耀，就得先殺我！」

冰霜劍皇不悅的轉過頭來，道：「李洞旋，你又想幹什麼？」

「我在鐵筆峰上想了很久，我決定要阻止這場決鬥。」

「你老糊塗了嗎？」

「你們一個是我的好友，一個是我的弟子，我不希望你們倆以命相搏。」李洞旋看向了龍耀，道：「我希望你們能握手言和。」

「哼！這是不可能的。」劍皇道。

李洞旋見劍皇有些生氣，便道：「龍耀，你也來說點什麼吧！」

龍耀蹲身到雪地裡去，把胡培培的碎肉撿起，幸虧劍皇的劍術高超，切口都像奶酪似的平滑，只要輕輕的一碰就能接合。

龍耀像是玩積木似的，將胡培培拼湊了起來，道：「刺殺劍皇是我的錯。」

「嗯！嗯！」李洞旋欣慰的點了點頭，以為龍耀想服軟道歉了。

但龍耀接著又道：「我應該換一個弱點的人刺殺，這樣比較容易達成目的。」

「咦？你的目的是什麼？」冰霜劍皇奇怪的問道。

「我要掀起玄門戰爭。」

「啊！」李洞旋和冰霜劍皇都被嚇了一跳，異口同聲的喊道：「你瘋了嗎？」

「我沒瘋。我有我的理由。」龍耀淡定的道。

「瘋了！瘋了！絕對是瘋了！」李洞旋抓撓著頭髮道。

與已經陷入狂亂的李洞旋相比，冰霜劍皇就顯得比較冷靜了，道：「說說你的理由吧。」

「現在的玄門局勢一片混亂，必須建立一個新的世界秩序，否則只會讓流弊越來越深。」龍耀迅速的將胡培培拼起，在後腦杓上狠狠的一拍，將最後一塊大腦安了進去，道：「不破不立，破而後立。」

「啊！這次好慘啊！被碎屍萬段了。」胡培培抱著赤裸的身體，蹲在皚皚的積雪之中，「我就知道跟你在一起準沒好事。」

龍耀脫下自己的校服，披在胡培培的肩頭，道：「有什麼關係嗎？反正妳也不會死。」

冰霜劍皇緩緩的搖著頭，道：「那你有沒有想過，引發玄門戰爭會帶來多少死傷？」

龍耀沉默了一會兒，道：「如果有一艘船漂浮在海上，船底出現了一個大洞，不斷的向船艙裡溢水。如果妳狠下心來關閉艙門，那只有底艙裡的人會淹死，而其餘的人都會活下去；而如果妳當作沒有發現，繼續讓船保持著原狀，那不久之後所有人都會淹死。妳會怎麼選擇？」

「嘶——」冰霜劍皇倒抽一口冷氣，龍耀的故事與她講的那個，有著異曲同工之妙，都是極端情況下的兩難選擇。

明明知道無論如何選擇，都會有犧牲者的出現，卻又不得不去選擇。

冰霜劍皇沉默了。

李洞旋卻大喝道：「不行！不行！與其要做出這樣殘酷的選擇，還不如就讓船保持著原樣。就算是為了絕大多數人好，也不能成為劊子手啊！」

「只求自己功德圓滿，而不顧天下蒼生受難，這就是道門的正義嗎？」龍耀道。

「呃……」

「李洞旋，你忘了自己胸前寫著什麼字了嗎？」

李洞旋低頭看了眼胸前，符篆大氅上寫著兩排大字——但凡世間無仁義，人人心中有梁山。

「遍看眾生苦，卻作壁上觀，這就是當今的道門。」龍耀義憤填膺的攥緊了拳頭，道：「我之所以要掀起玄門戰爭，不僅是要重建玄門世界的新秩序，還要逼隱世的道門再入江湖。」

「這——」

「能力越大，責任越大。道門之中藏龍臥虎，必須擔負起責任來。」

李洞旋已經被駁得一句話也說不出了，但他還是無法接受這個殘酷的現實。他扭頭看向冰霜劍皇，希望她能說些道理出來。

可冰霜劍皇卻沉默了十幾分鐘，道：「我的世界觀崩塌了。」

「咦！」這話不僅讓李洞旋震驚，連龍耀也覺得不可思議。

「雖然我與龍耀的作法相反，但我們的目的卻是相同的，我們之間到底是敵是友啊？」

李洞旋嗅到了危險的氣息，道：「劍皇，妳想做什麼啊？」

「讓我回去想想！」冰霜劍皇邁步走入雪中，但幾步之後又停了下來，道：「龍耀——」

「還有什麼事？」龍耀道。

「決鬥之夜，我會給你答覆。在那之前，你可不要死啊！」

「這不用妳擔心。」

008 突破極限

天空中的烏雲依舊濃厚，雪花像棉花團似的飄搖著。龍耀二人步行下了山，閒庭信步般的走在路上。

「我也許該去考張駕照了！」龍耀突然說道。

「……如果你能從決鬥中生存的話。」莎利葉這樣說道。

「劍皇是不會殺我的。」

「你怎麼能這麼肯定？」

「因為剛才跟她交手的一剎那，我有一種不打不相識的感覺。」龍耀捏著下巴，嘴角含著笑意，道：「也許她會幫我發動戰爭。」

「啊——」莎利葉搖了搖頭，道：「我看你是昏頭了吧！」

「呵呵！妳等著瞧吧！」

雖然莎利葉覺得不可思議，也罵了龍耀幾句昏頭的話。但她對龍耀的直覺還是非常信賴，既然龍耀對「天海一線決」充滿了希望，那她懸在嗓子眼的心也可以落下去了。

這時候只剩下胡培培還在生氣了，不斷的嘟噥道：「真是太倒楣了！也許我真該去國外。」

「妳看維琪被裝在罐子裡十四年，應該能推測出外國人有多變態吧？如果妳去國外被人發現是不死身，一定會被切成薄片放到顯微鏡下研究的。」龍耀繪聲繪色的敘述著，好像自己親眼看到一般。

胡培培雙手捂緊耳朵，道：「不要再說了！真是太恐怖了！」

「呵呵！果然是個笨蛋。」龍耀長舒了一口氣。

莎利葉從口袋裡掏出棒棒糖，道：「不過，你不覺得胡培培的靈能力很奇怪嗎？」

「妳指什麼方面？」龍耀問道。

「別人的靈能力都有等級之分，而她的靈能力自始至終都沒變過。」

龍耀的眉頭皺了一下，道：「的確如此啊！從一開始就是不死，到現在還是不死，這能力根本就沒有升級的方向。」

忽然，手機「叮鈴鈴」的響了起來，竟然是沈麗打來的電話。

「兒子，過得怎麼樣？」沈麗問道。

「很好。」龍耀道。

「哼哼！晚飯吃的什麼？」

「蛋糕。」

「好可憐啊！媽媽可是吃大龍蝦啊！」沈麗炫耀道。

「妳沒別的事，我可要掛了。」

「別、別！我當然是有正事了。」

「那就快說。」

「我一個要好的同學，她的女兒因為暈船，所以一個人下船了。現在正在紅島市的碼頭上，我希望你接她到家裡住。」

龍耀的眉頭皺了皺，道：「外人接到家裡住，會妨礙我做事的。」

「美女喲！」沈麗補充了一句。

「妳到底有沒有聽我說話啊？」龍耀大吼了一聲。

「啊！你敢不聽媽媽的話？」

「唉，好吧。」龍耀無奈的嘆了一口氣，道：「我怎麼找她？」

「我把她的號碼用簡訊發送給你，你到碼頭後打手機聯繫她就好了。」

「知道了，真麻煩啊！」

龍耀掛掉了手機，徑直奔向了碼頭。

紅島市的客運碼頭位於市東，與「天海一線」的景點很近了。

這一帶的海上夜景也很有情調，平常的夏夜會引來大批情侶。但在這個漫天飄雪的夏夜，就沒有一個人影出沒了。

龍耀三人踏上了客運碼頭，沿著觀海棧道慢慢前行。龍耀剛要打手機聯繫一下女孩，忽然見前方有兩個熟習的人影。

「喲！喲！喲！在這空曠無人的夜，我唱著我自己的歌……」枯林會的黑人成員，踩著街舞的步伐，在鐵柵欄上唱著Rap。

劉飛坐在旁邊的長椅上，蒼白的臉上積滿著煩惱，終於忍不住踢出了一腳，道：「你吵死人了。」

「啊！My God！」傑克遜的身子一歪，一頭就往水面栽去。但他的身子突然一伸，從水面上彈了起來，借力站到更高的路燈上，「喲！喲！喲！在這空曠無人的夜……咦！有人了，是Mr. Long和Angel。」

劉飛猛的彈跳起來，雙眼中閃過一道殺機，抬手揮出無形利刃。

「Oh！No！Mr. Liu，難道你忘了會長大人的命令了嗎？今後不可以再與Mr. Long起衝突了。」傑克遜道。

劉飛恨得牙齒發出一陣搓響，慢慢的將雙手插進口袋裡。

龍耀大步走到兩人面前，左左右右的打量一番，道：「你們在做什麼啊？難道是在約會嗎？」

「你……」劉飛擺出想咬人的姿態。

與暴躁易怒的劉飛比起來，傑克遜就比較有幽默細胞了，搖晃著手道：「No，No，No，我可不想讓複雜的『愛情』來破壞我們純潔的『友情』。當然啦！如果Mr. Liu強烈要求的話，我也是可以接受Miss Liu的。」

劉飛的嘴角抽搐了一陣，向著路燈揮出無形利刃。站在上方手舞足蹈的傑克遜，這一次終於摔在地面上。

傑克遜見劉飛生氣，趕緊向龍耀解釋，道：「剛才的話是開玩笑的，其實我們在執行任務。」

「什麼任務？」

「秘密。」傑克遜向龍耀身後看了一眼，突然嘴巴誇張的捲了起來，就像一個小喇叭似的，道：「Mr. Long，原來還喜歡SM啊！這是半夜帶著裸體的美女犬出來散步嗎？」

胡培培被傑克遜盯得發毛，哆哆嗦嗦的躲到龍耀身後，道：「這老外在說什麼啊？」

「咳、咳！我也不知道。」龍耀假裝咳嗽了兩聲，道：「反正不是好事。」

「嗯！看他的眼神就知道不是好事。」

「對吧！妳現在知道老外有多變態了吧？」

「呃！果然留在國內是正確的。」

「嗯、嗯！」龍耀同意的點了點頭。

在龍耀幾人談笑的時候，劉飛的眉頭突然向上一揚，道：「是誰在那裡？」

落滿積雪的樹木搖動了幾下，兩個女人的身影出現在燈下。

「真是事事無常啊！我們像一年前那樣又聚在一起，但彼此之間的關係卻反轉了。」王風鈴道。

劉飛沒有在意王風鈴的話，而是直勾勾的看向葉晴雲。葉晴雲曾是劉飛的同學，也是他追求的對象，可惜兩人踏上了不同的道路。雖然兩人處在相互敵對的勢力中，但劉飛依然無法忘掉葉晴雲。

但是，葉晴雲卻沒有回應劉飛，而是偷偷的關注著龍耀，猶豫了好一陣子才道：「你還好嗎？」

「我很好，剛見過劍皇。」龍耀道。

「啊！她沒打傷你嗎？」葉晴雲幾乎要撲過去了，但想到自己的立場，又站到了師姐身後。

「她不僅沒有打傷我，還說會考慮我的計畫。」

「什麼？」葉晴雲不敢相信的瞪大了眼睛，「劍皇會同意你的計畫嗎？」

「很有可能！」

「怎麼會這樣啊？難道她不知道……」

「班長，我知道妳的心地很善良，但善良拯救不了世界。」

葉晴雲無言以對，嘆息道：「可能是我太年輕了吧。」

「妳願意支持我嗎？我身邊很缺人手。」

葉晴雲沉默了好一會兒，俏臉上滿是苦惱的神情，道：「我還是不知道你是對是錯。」

「這樣吧！如果劍皇認同我，妳就過來幫忙我，怎麼樣？」

「劍皇應該比我有眼光，這個主意倒是不錯。」葉晴雲點了點頭道。

「嗯！而且這樣比較安全。」龍耀淡然道。

葉晴雲一聽這話，鼻腔就是一酸，道：「那你的安全呢？」

「我已經置生死於度外。」龍耀道。

「龍耀，值得嗎？」葉晴雲瞪圓了眼睛，淚珠已經滾出來，道：「就算你做出再大的犧牲，也沒有人會感激你的。」

龍耀輕笑一聲，道：「我有我自己的正義，我只堅持我自己的正義。我不需要任何人的感激，我只需要做到問心無愧。」

王風鈴看到葉晴雲眼淚汪汪的，又聽到兩人說了一頓莫名其妙的話，便道：「你們到底在說什麼計畫啊？」

龍耀聳了聳肩膀，道：「沒什麼！倒是妳們有什麼計畫，為什麼會聚集到這裡？」

「秘密。」王風鈴也說出一樣的話。

劉飛一直盯著葉晴雲，極想找機會與她交談，但葉晴雲卻始終看著龍耀，一點也沒有給他插嘴的機會。最終，劉飛把滿腔的思念之情，轉化成了無盡的怒火，衝著龍耀大吼一聲，道：「你馬上離開這裡。」

「為什麼？」龍耀不急不慢的道。

「接下來，這裡就會變成靈能者的戰場。」

「咦？」

話音剛落，空中響起一聲炸彈似的爆雷，藍紫色的閃電照亮了天幕。漆黑的夜空被撕裂了一角，露出猩紅色的「血肉」。那片「血肉」似的雲團，像是星雲似的旋轉著，向著碼頭上空急馳而來。

龍耀的眼睛猛的瞪圓了，同時心中生出不祥之感，道：「這、這……這難道是靈能風暴？」

「趕緊離開這裡！」劉飛道。

龍耀鎮定了一下心神，雙眼中綻放出靈光，道：「這是怎麼回事？才隔了一年的時間，為什麼紅島市又有靈能風暴？」

王風鈴見龍耀已經發現真相，便道：「我們也不知道出了什麼問題，這種情況是第一次出現。一般來說，靈能風暴都會間隔三年以上，而且絕不會降臨到同一地點。」

「難怪你們雙方都派出十人，原來主要的原因並不是我，而是這次的靈能風暴。」龍耀終於明白了情況，道：「你們又想展開靈種戰爭嗎？」

「是的！這是無法避免的。」王風鈴觀測著空中的靈能雲團，道：「我們已經預測到了靈能風暴的大體時間和位置，所以分成五個小隊在不同的地點守候，現在其他的小隊應該已經向這邊趕來了。」

「要展開十對十的廝殺嗎？」

「沒有辦法！」

「我經歷過一次靈種戰爭，它讓我失去了摯愛的親友，同時也讓艾憐成為了孤兒。我絕對不允許靈種戰爭再於這座城市中爆發。」龍耀緩緩的攥緊拳頭，巨大的靈氣透射出來。

劉飛做出警戒的姿勢，道：「龍耀，你想做什麼？」

龍耀的表情十分的悲壯，一滴淚不由自主的流出，沿著堅毅的面旁滾下，重重的擊打在地上，激起一團濃厚的塵土。

「我要阻止靈種戰爭，如果有必要的話，殺光你們所有的人。」龍耀冷酷的道。

劉飛的嘴角泛起一絲嘲諷，道：「先不說我們共有二十名靈能者，單就是兩名LV5的隊長，憑你一個LV4.5的靈能者，以為可以勝得過他們嗎？」

「能！我一定能的！」龍耀仰天長吼了一聲，震得天上的層雲亂顫。

一瞬間，龍耀身上的每一個細胞都震顫起來，就像是在做熱運動的水分子似的。巨大的熱浪從體內暴溢了出來，讓周圍的空氣都像燃燒起來一般。巨大的熱力燒灼著龍耀的身體，就像是烈火在鑄造一柄寶劍似的。

龍耀的額頭上綻滿青筋，大腦皮層不斷的放射電流，電火花甚至擊穿了他的顱骨，在髮梢處放出電絲，讓每根頭髮都向著上方豎起。腦細胞急速的分裂重組，達到了一個嶄新的高度。

狂暴的氣流在龍耀身邊旋轉，迫使劉飛等人躲到了遠處去。風捲構成了一條巨龍的形狀，旋轉著沖向了陰暗的天空，將半個天空變成了紫亮的顏色。

在強勁的風暴之中，胡培培雙手抓著柵欄，身子橫飄在半空中，大叫道：「這、這、這是怎麼回事？好像超級賽亞人變身啊！」

王風鈴緊抱著葉晴雲，躲在一株粗壯的柏樹下，臉上露出了震驚的表情，道：「難道……難道僅靠自己的力量，就能突破等級瓶頸了？」

葉晴雲疑惑的眨了眨眼，道：「師姐，妳的意思難道是龍耀到達LV5了？」

王風鈴鄭重的點了點頭，道：「真是可怕的天賦啊！」

在靈能者的等級之中，LV4和LV5之間存在一道鴻溝，有些靈能者終其一生，也無法跨過這道檻。而且就算有人能夠達到LV5，也需要高等靈能者的指導，而龍耀竟然在一陣悲憤中，就突破了身體和精神的極限。

與其說這是一種「天賦」，倒不如說是心中的堅持，給了龍耀無限的可能性。

另一邊，躲在石牆後的劉飛也感應到了，震驚的表情讓他的臉變得更僵了。而傑克遜卻在一邊跳起街舞，用網路遊戲中的系統語言調侃道：「恭喜玩家龍耀，獲得了【全世界首位！最年輕的LV5靈能者】的成就。」

正在羨慕、嫉妒、憤恨的劉飛，聽到傑克遜在身後鬼叫，氣得一腳將他踢飛出去。

傑克遜翻滾在了龍耀身邊，後背重重的摔在石板上，但馬上又慘叫著跳起來，「啊！好燙！

好燙！這石頭要著火了。」

龍耀深深的吸了一口氣，鼻孔裡躥出兩道白煙，道：「我要阻止靈種戰爭。」

「呃！好、好，那我有一個辦法。」傑克遜踮著腳道。

龍耀放鬆了一下心情，頭腦變得一片澄清，灼熱的身體也冷卻了。此時，龍耀並沒有意識到自己到達了LV5，只是感覺體內的靈氣一下子充盈了不少。

「說來聽聽。」龍耀道。

傑克孫從腰包裡掏出十顆小球，像是雜耍似的在手中拋接起來，道：「這種特製的封靈球，可以將靈種封印在裡面。每次靈能風暴大約降落一百個靈種，只要把所有的靈種都封印在球裡，那就沒有必要進行靈能戰爭了。」

龍耀向著半空中一招手，將一顆封靈球抓在手中，見是白色的透明小球，極像了小孩子玩的彈力球。

「你應該知道吧！靈種之間是相互排斥的，靈能者有了一顆靈種後，就不能再碰其他靈種了，所以一定要用這種小球來裝。」傑克遜將小球都接回手中，道：「不過一定要小心使用啊！

這種封靈球可是很珍貴的。」

「你們一共帶了多少顆封靈球？」龍耀忽然提出一個莫名其妙的問題。

傑克遜也不知道龍耀在想什麼，便爽快的答道：「一百五十顆。」

「靈能風暴大約降落一百顆靈種，而你們卻帶了超量的一百五十顆封靈球，也就是說你們的目的是將所有的靈種都封印。」

「對啊！枯林會的目的就是減少靈能者的數量，所以最好一個靈能者也不要出現。」

「那為什麼上次的靈種戰爭中，劉飛卻要讓靈能者廝殺？」

「哦！那是因為枯林會的人手不足，劉飛沒有封印起所有的靈種，只好啟動『補救程序』了，讓新晉的靈能者互相廝殺，最後只留一個吸收為會員。」傑克遜一直嬉笑的臉上，出現了一絲凝重的表情，道：「劉飛因失職之罪，可是受了不少罪。」

「哼！」劉飛冷哼一聲，把頭扭向了天空，道：「用不著替我解釋！我本來就喜歡殺人，殺人能讓我忘掉痛苦。」

傑克遜斜睨了劉飛一眼，趴到龍耀耳邊悄聲道：「你看這傢伙多可憐啊！我真想推薦他去看心理醫生，但又怕他生氣後拿刀砍我。」

劉飛的耳朵聳了聳，厲聲道：「你在說什麼？」

「呃！沒什麼、沒什麼，我只是說今天的天氣不錯啊！」傑克遜望了一眼昏暗的天空，嘴角劇烈的抽動兩下，道：「快跑！靈種落下來了。」

十枚拖拽著紅色尾光的靈種，以閃電般的速度劃過天際，重重的砸擊在碼頭四周。龍耀等人躲到腰牆後面，防止觸碰靈種後發生排斥反應。

傑克遜看到有一枚靈種正好飛來，便像猿猴似的敏捷的向外一跳，雙手輕柔的支撐在地面上，用腳趾夾著一顆封靈球向前一送。封靈球碰觸到了靈種表面，旋即將它包裹在裡面。

傑克遜連著翻了七、八個跟頭，攜帶著那枚被封印的靈種返回，用手接住後遞到了龍耀的面前，道：「就是這樣封印。不過速度一定要快，因為靈種會藉助靈氣的波動，向著合適的寄主快速移動。」

龍耀低頭看著那枚被封印的靈種，是一塊鮮紅色的半透明水晶，外表是雨滴一般的流線形，側面有一張抽象化的人臉，誇張的五官擺出扭曲的怒容。

看著這枚半透明的靈種，龍耀忽然想起在一年前，他就是被這種東西寄生，然後擁有了超自然的能力，同時也捲入了九死一生的鬥爭中。

「你有多少顆封靈球？」龍耀問道。

「現在還剩下十四顆空球，Mr. Liu那裡還有十五顆。」傑克遜道。

「把你的封靈球全給我。」

傑克遜稍微猶豫了一下，將身後的腰包解了下來，唱道：「Oh！世事難料，諸事無常。以前真是做夢也想不到，我們竟然還會並肩作戰。」

龍耀將腰包捆在自己腰上，道：「我只是為了保護這座城市。」

「理由無所謂啦！」

龍耀、傑克遜、劉飛從牆後跳出來，準備將剩下的九枚靈種封印起來。但是，王風鈴突然擋在他們面前，道：「龍耀，快住手！我們奉令前來守護靈種，要確保靈種都成功寄生。」

龍耀的臉上顯露著凝重之色，道：「原本我以為靈種戰爭的罪魁禍首是枯林會，現在看起來真正的殺人凶手是靈樹會啊！」

「呃！我們的宗旨是保護靈能者啊！」

「別讓普通人變成靈能者，讓他們繼續過普通的生活，這才是對他們的最佳保護。」龍耀的眼中閃著怒火，道：「靈樹會故意增加靈能者的數量，幕後到底打著什麼鬼主意？」

「我、我、我也不知道，但相信不會是什麼壞事。」王風鈴支支吾吾的道。

葉晴雲站在旁邊沒吭聲，經過剛才的一番對話，她也覺得靈樹會的目的不單純，這其中必定隱藏著什麼秘密。

「躲開！我要把所有的靈種都封印起來，我不能允許艾憐的悲劇再次發生。」龍耀道。

王風鈴彈出隱藏在雙臂中的骨刃，擺出武術的架式嚴陣以待，道：「對不起了！使命在身，我必須阻止你。」

龍耀的眼中暴起一股紫色靈光，身子突然如幻影般向前一衝，向著王風鈴的小腹擊出一拳。

王風鈴看著龍耀的拳勁襲來，骨刃在身前交叉做出防禦。可龍耀的衝勁竟然在中途轉折，像是衛星似的繞著王風鈴轉了一圈。

王風鈴也是久經沙場的老戰士了，卻還是第一次遇到如此靈活的身影。但王風鈴依然做出完美的防禦，將一對骨刃繞身旋轉著劃出一個球面。

龍耀的身影如風般的快速繞圈，看到王風鈴做出完美的防禦後，才暗暗的發動「缺一者為尊」，低聲唸咒令道：「大衍之數五十，其用四十有九。」

「嗖」的一聲嘯響，四十九條龍涎絲散開，組成一個靈能的迷宮。王風鈴被困在迷宮之中，頓時無法找到龍耀的攻擊點了。

龍耀趁勢在王風鈴身後停步，將少量的靈氣凝結在手指上，向著她的靈穴輕點了一下。龍耀只是想給王風鈴一個警示，但他不知道自己已經在剛才達到了LV5。狂暴的靈氣從指尖噴湧而出，如同巨浪般的衝擊王風鈴的後背，使她像一葉扁舟似的飛拋出去。

「Oh！My God！」傑克遜雙手抱住了腦袋，道：「這太可怕了！簡直就像在戲耍小孩子。」

劉飛重重的嚥下一口唾沫，看到龍耀如此迅速的成長，他心中充滿了不甘和嫉妒。

009 龍鳳相會

龍耀看著王風鈴飛拋了出去，然後奇怪的看了看手指頭。

忽然，一陣靈風向他迎面撲來，風中夾帶著凌厲的殺機。但龍耀用手指向前猛的一刺，竟然將那些靈氣擊散了。四名靈樹會的靈能者踉蹌落地，接著向龍耀擺出了戰鬥姿態。

龍耀緩緩的攥緊了拳頭，道：「閃開！我沒時間可浪費了。」

此時，龍耀身邊的空間突然一陣扭曲，竟然出現了一個巨大的眼形黑洞，黑洞裡面充滿了小眼睛，像是紅色小星星似的不斷的眨動著，看上去讓人有一種毛骨悚然的感覺。

忽然，眼形黑洞中伸出一隻手來，接著探出了莎利葉的腦袋，道：「到這裡面來。」

「呃！這是什麼鬼玩意？」龍耀道。

「神隱之眼，能任意連接兩點的亞空間通道。」

「我擦！妳竟然還有這種凶殘的能力，怎麼不早點拿出來用啊？」

「召喚靈的能力上限取決於通靈師的能量儲備，只有你的靈氣提升到了新的層次，那我才能覺醒新的力量。」

「原來如此啊！」

傑克遜翻著跟斗來到了近前，唱道：「Oh！不愧是Angel，看這眼睛的造型多有美感，就像我的歌聲一樣的動人。Mr. Long你去封印靈種吧，這裡就交給我們了。」

說這話的同時，幾道靈風輕響。枯林會的靈能者也聚集過來，站在傑克遜身後做出戰鬥姿態。

龍耀將手交到莎利葉的手中，接著感到一股巨大的吸力，就像是掉進了沼澤中一樣。

龍耀被神隱之眼吞噬進去，發現身處於一個奇怪的空間之中，這裡沒有重力感、距離感和方向感，只有多得無法點數的眼睛。這些眼睛一起瞪視著龍耀，就像山洞裡倒吊的蝙蝠似的，彷彿會隨時撲過來吸血，詭異的氣氛讓人汗毛倒豎。

龍耀突然感到一番天旋地轉，胃酸洶湧的衝擊向了咽喉。這時候，神隱之眼再次打開，龍耀一頭栽了出去，跪在地上乾嘔起來。

莎利葉站在旁邊，道：「啊，你的體質還不錯，第一次就適應了。」

「我快要把胃吐出來，哪裡像是適應了？」龍耀道。

「你看一下胡培培，就知道了。」

龍耀按著胸膛看向旁邊，見早一步到來的胡培培像死屍一般的橫躺在地上，嘴角上掛著一串唾沫，兩隻眼睛像是彈珠似的旋轉著。

「神隱之眼與普通空間不同，完全不遵循牛頓三定律，對一般人的身體和精神都是一種巨大的考驗。」

「好，我已經知道了。」龍耀掙扎著站起身來，道：「我們趕緊去搜集靈種，不能再誕生新的靈能者了。」

莎利葉剝開了一根棒棒糖，同時將死神鐮刀握在手中，道：「我已經準備好了。」

龍耀憑藉著超高的感應力，快速的搜遍整個碼頭，最終封印了八枚靈種。

看著八顆亮晶晶的封印球，莎利葉的眼中閃爍著異彩，道：「這樣看，還挺漂亮的啊！」

「是啊！但也非常的危險。」龍耀將封印球放到腰包中，道：「還剩下一枚，但卻無法感應到了。」

「會不會降臨到碼頭外了？」

「嗯！有這種可能性，到附近去找找。」

龍耀和莎利葉躍出了碼頭，在周圍的小巷中搜索起來。

紅島市的客運碼頭，歷史可追溯到晚清。其周圍有許多古老的建築，但經過幾次的整修與搬遷後，大部分的建築已經荒廢了。

龍耀打開敏銳的感官，搜索了一下靈種的位置，發現是在一條老巷子裡。這讓龍耀有了少許安心，因為那條巷子早就沒有人居住，所以不用害怕靈種找到宿體。

龍耀和莎利葉走入破敗的小巷，呼嘯的寒風捲起層層的雪花，發出如同鬼怪嚎叫般的聲音，沒有關緊的窗扇不斷的發出拍打聲，好像有無數凶殘的眼睛躲在窗後偷窺。

行走在這條如同恐怖片一般的小巷中，龍耀和莎利葉都不自覺的繃緊了神經。

忽然，一個黝黑的腦袋從上方垂落下來，吐出鮮紅的舌頭搭在了鼻子上面，兩隻外凸的眼珠狂亂的旋轉著。

「呀！」莎利葉被嚇了一大跳，不由自主的抱住龍耀。

龍耀也被驚嚇了約有半秒鐘，但旋即就看出這其中的把戲，叉開雙指刺在對方眼睛上。

「Oh！My God！眼睛，眼睛，我的眼睛……」

傑克遜發出一聲鬼叫，從倒懸的屋簷上垂落。

莎利葉見是傑克遜在嚇唬她，便氣得一腳壓在他的臉上，用銀色的小皮靴碾了幾下。但傑克遜不僅沒有生氣，反而興奮的喘起粗氣來，「哦耶！哦耶！用力，用力，親愛的女王大人，用妳的腳踩死我吧，就像踩死一隻臭蟲一樣。」

莎利葉突然感覺全身一涼，好像腳上沾到了髒東西一般，「變態啊！」

龍耀趕緊伸手抄住莎利葉的腋窩，將小丫頭抱離了那塊活著的「猥瑣物」。他倒不是擔心莎利葉被猥褻，而是怕小丫頭用鐮刀劈了傑克遜。

「你怎麼跑這裡來了？」龍耀問道。

「那邊的戰爭已經結束了！雙方的領隊都趕過來了，嚴岩隊長要我看看你的情況。」傑克遜道。

「戰局如何？」

「因為沒有靈種可爭奪，所以並不算很激烈。」傑克遜摸了摸胸口上的傷，嬉笑的語氣突然有些陰鬱，道：「只死了兩個人。」

「唉！看來必須重整玄門秩序了。」龍耀輕嘆了一口氣，又問道：「班長？」

「班長？哦！那個處於你和Mr. Liu三角戀中的女孩啊，她一點事也沒有。」傑克遜靈巧的一翻身，單手撐地倒立了起來，道：「封靈球呢？」

龍耀將腰包遞還給了傑克遜，道：「你們怎麼處置這些東西？」

「放到枯林會的封印室中。」

「為什麼不直接銷毀掉？」

「我們倒是想銷毀，可根本沒有辦法啊！不信你自己試試硬度，簡直就是刀槍不入。」

龍耀仔細觀察著靈種，將第六感注入其中，想分析出材料成分，但卻沒有任何結果。龍耀無奈的搖了搖頭，道：「這很可能不是地球上的東西。」

「Oh！My God，難道是外星人的科技成果，投放到地球上來做試驗嗎？」傑克遜大驚道。

「你說的這種情況……」

龍耀正想說些什麼，忽然感官被觸動了，道：「發現第十枚靈種，而且它還在快速的移動，可能是找到合適的宿主了。」

「快追！」

三人飛快的追進小巷中。

天空中靈能紅雲還在鬱積，與鉛灰色的雪雲擁擠在一起，有一種世界末日般的蒼涼感。偶爾有幾道亮紫色的閃電，從雲團的縫隙之中劈出，蜿蜒遊動著貫入大地之中。

忽然，一道閃電落到近處，亮光猛的照亮小巷，映出一個紅色的身影。

那是一個年輕的女孩，長髮如雲霞一般的飄舞中，因為閃電散入空氣的緣故，在髮梢處引出點點雷絲。女孩的頭上佩戴著鳳釵髮飾，在黑暗中閃動著金燦燦的光。

在女孩的兩條柳葉細眉之下，閃爍著兩顆美若星辰的眼睛，瞳孔中浮動著無數的光點，就像晴朗夜空中的繁星一般。精緻的耳朵如同海中貝殼，小巧的鼻子則如珊瑚藝術品，輕薄的嘴唇上掛著驚慌失措的表情。

她顯然是被近處的落雷嚇壞了，像是小兔子似的呆立在飛雪中。料峭的風吹拂過她的身體，輕輕的撩動著身上的旗袍。

是的！這女孩穿著一件傳統旗袍，這與四周的環境很不搭調。旗袍的袍面是鮮亮的紅色，繞身繡有一隻白色的鳳凰。鳳凰繞著女孩的小蠻腰飛舞，鳳頭枕在俏麗的胸部中央，鳳尾一直垂落到下襟。

旗袍的開叉非常的高，被寒風撩起下襟之後，便露出一條修長的美腿，還有白色的蕾絲襪環。

可惜女孩穿的是紅色的高跟鞋，如果穿的是透明水晶鞋的話，那就真像是剛從舞會逃出來的灰姑娘了。

「Oh！My God！世上竟有這種美人，難道是聖母降臨了嗎？」傑克遜大叫起來，向著女孩撲了過去，道：「My Lady，不要害怕，妳的王子來了。」

突然看到一個黑色的身影急速靠近，女孩被嚇得頭髮都要倒豎起來，失聲尖叫道：「啊！鬼啊……」

女孩向著傑克遜踢出一腳，扭頭向著小巷的盡頭跑去。這一腳並不算高明，就像女孩踢毽子似的，但傑克遜竟然沒能避開，被踢得鼻子竄出血來。

女孩的身後掀起一股靈風，一枚靈種急速的追了上去。龍耀敏銳的捕捉到這一幕，確定這個女孩就是宿主了。

「快追！不要讓她被寄生了。」龍耀大叫道。

龍耀、莎利葉、傑克遜依次衝出小巷，追逐著女孩的長髮一路狂奔。三人都有遠超過常人的速度，但卻始終無法追上那個紅色的身影。女孩的背影就像一個緋紅色的夢，每當你以為已經觸手可及的時候，又會躍遷到一個遙不可及的距離。

四個人魚貫的奔跑在街道中，逐漸進入較為繁華的市區，兩邊的建築也逐漸有了燈火。

「那女孩究竟是怎麼回事？她明明穿著高跟鞋，卻在雪地裡疾跑如飛。」莎利葉疑惑的道。

「Oh！My God！難道真的是聖母？」傑克遜用力拍打著額頭，道：「上帝不會因我剛才的失禮而懲罰我吧？」

「沒辦法了！只能這麼幹了。」龍耀猛的向著半空一躍，踩著傑克遜的頭跳起，瞄準女孩前進的方向，彈出一條龍涎絲。

這條龍涎絲是為了阻擋，所以像麵條一般的寬，而不是平常那種細刃。龍涎絲勾在兩棵灌木樹之間，剛好將女孩絆倒在地上。

「好奇怪！有這麼快的速度，竟然不會閃避。」龍耀的大腦急速思考著，道：「難道是天生神速嗎？」

傑克遜被龍耀踩倒之後，便以翻跟斗的方式前進，竟然比龍耀先一步追上，以手代腳站在女孩面前。

「啊！好可怕——」摔倒在地上的女孩發出一聲尖叫，同時外形起了一絲細微的變化。她的長髮突然扭曲纏動起來，就像是一條條的毒蛇似的，細而修長的眉毛變得銳利，像是兩條帶著殺氣的匕首。

與此同時，那枚靈種終於追了上來，隨著靈風直飛向了女孩的眉心。

「不好！要寄生了……」龍耀惋惜的大叫道。

可就在這個時候，讓人震驚的一幕發生了，女孩突然撩開旗袍，從襪環上拔出一柄匕首，朝著靈種飛來的方向一揮。

「噹」的一聲脆響，刀軌劃出一道白光，將靈種貫穿了過去。靈種在空中停留了半秒，接著分成兩半墜落下來。

破碎的靈種放出大量的靈氣，靈氣沿著街道擴展開來，竟然轉瞬間就融掉了積雪，讓街道變成了夏日應有的樣子。

銀亮的匕首斬碎靈種之後，刀刃上泛起了詭異的紅光，好像刀身被靈種染紅一般，整把匕首散發著濃重的靈氣。

「哇！刀斬靈種，真是太不可思議了。」傑克遜驚訝的大叫道。

龍耀趕緊彈射出龍涎絲，將傑克遜拖到了自己身後，道：「這是怎麼回事？你不是說無法銷毀靈種嗎？」

「是啊！任何武器都不能毀壞靈種的。」傑克遜正在驚訝的說著話，突然胸前暴起一條血流，竟然出現了一道匕首劃過的傷痕，「咦！這是怎麼回事啊？那把匕首明明搆不到我的。」

莎利葉雙手橫握著死神鐮刀，擋在龍耀和傑克遜身前，道：「是那個女孩，她的刀法很怪異。」

那女孩突然從積雪中躍了起來，雙眼中閃起一道血紅的光，瞳孔裡泛動著懾人的戾氣，輕薄的唇角微微向上一揚，露出一種輕蔑眾生的傲態，道：「你們想要欺負我嗎？」

「啊！不，不，不……」龍耀趕緊搖頭否認。

「撒謊！剛才明明就在欺負我。」女孩怒吼道。

莎利葉警惕的注視著對方，向身後的龍耀詢問道：「這女孩是怎麼回事？跟剛才判若兩人啊！」

「可能受到了太大的精神衝擊，大腦中另一個人格覺醒了。」

「雙重人格嗎？」

「只能這樣解釋了！」

龍耀想起了一部名叫《致命 ID》的電影，裡面的男主角有重度人格分裂，不同的人格擁有完全不同的個性和能力。

眼前的這個女孩可能沒有電影裡描述的那麼誇張，但是她擁有的能力卻遠比電影還讓人匪夷所思。

女孩繼續向著龍耀逼近，右手反握著雪亮的匕首。

那匕首是一把普通的軍刀，正面是鋒利的白刃，背面有一排鯊魚牙似的鋸齒，但刀柄是用精美的象牙雕成，看來是為了防身而攜帶的。

烏雲在雷電的不斷衝擊之下，終於裂開一條淡藍色的口子，露出一片皎潔的夏夜天空。在幾顆繁星的陪伴這下，初三的峨眉月懸掛在半空中，向著街頭投下了一片月光。

女孩的眼中泛著騰騰殺氣，右手倒握著雪亮的匕首，踏著融化的雪水邁進，道：「閃開！我要教訓一下那個色鬼。」

「這我可做不到。」龍耀道。

「那就連你一起殺。」女孩突然加速向前衝。

莎利葉率先迎了上去，向著女孩橫掃一刀。但女孩卻如蝴蝶般翩然躍過，在空中倒懸著身子旋轉著，與莎利葉頭髮擦著頭髮的飛過。

「咦！」莎利葉在驚訝之餘，又反手向後砍出一刀。女孩在半空中踢出秀美的雙腿，竟然踩著鐮刀跳得更高了。

然後，女孩彈跳到了街旁的一幢大樓上，雙膝彎曲的蹲在大樓窗戶上，接著向著街道另一邊的樓房一跳。這女孩就像是一道光線似的，在街道兩邊的樓宇上折射著，折射的角度完全遵守「折射定律」。女孩的移動速度之快，跟真正的光線無異，身形完全隱藏在光中，只有雙眼和匕首拽出兩道殘影。

龍耀感覺到危險降臨，猛的一腳踢飛傑克遜，剛想使用「袖裡藏龍」來防禦，但女孩已經穿過了他的身體。

女孩從右上方的高樓傾斜下衝，一刀斜斬過龍耀的右肩和左腰，然後又經過了一次反彈後，停身在了二十步外的街道上。

女孩停住身形後的姿勢，是古武術裡的側馬步：左腿曲膝向下蹲，右腿向右側伸開；左手五指按在地上，右手向右側平伸出，手裡反握著雪亮的匕首。

與此同時，她剛才經過的街道發出一陣爆響，女孩曾經靠近過的所有東西，都在一瞬間爆裂成兩半。路燈、空的易開罐、汽車輪胎、禁停交通牌……都像是失重似的懸浮在半空中，並且每一件東西上都有一條斬痕。

女孩保持這個姿勢三秒鐘，直到身後的塵埃落定後，這才慢慢的回頭看過去。突然，女孩的表情僵住了，原來泛著殺氣的雙眼，現在變成了無主的呆滯。

月光下的街道空蕩蕩的，只有一堆破碎的垃圾，根本沒有龍耀的屍體。

「這是怎麼回事啊？」

女孩的驚愕持續了一分鐘，始終沒有想明白問題所在。

突然，女孩發出一陣急促的喘息，眼中的殺氣慢慢的退了下去，長髮也重新變得柔順妥貼了。

女孩像被抽掉靈魂似的倒在馬路上，好一會兒才迷迷糊糊的爬起來，美麗的大眼睛怯生生的望著四周，喃喃自語道：「這裡是什麼地方？剛才發生了什麼？」

龍耀、莎利葉、傑克遜三人躲在高樓的夾道中，心驚膽顫的望著那個穿旗袍的女孩。

「好驚人的速度！好可怕的刀法！幸虧我已使用出了『一氣化三清』，否則剛才就被她斬成兩半了。」龍耀心有餘悸的道。

「雖然劍皇的根基更加深厚，但還沒有出離人類的常識，而這個女孩簡直就是殺人機器，行為和思想簡直讓人無法琢磨。」莎利葉道。

「Oh！My God！嚇得我差點尿在褲子裡。我還以為東方美女都很溫柔呢，怎麼會有這種凶殘的女孩啊？」傑克遜一臉哭相的說道。

雖然今晚遇到很多意外，但總歸是阻止了靈種寄生。三人在夾道裡隱藏了一會兒，才小心翼翼的踏上馬路。

龍耀舒了一口氣，道：「靈種降臨的數量，不是一百枚左右嗎？為什麼今天只有十枚？」

「靈種是分批次降臨的，此後的幾天時間裡，會不斷的降下靈種的。」傑克遜小心的捆好腰包，道：「不過，好的開始就是成功的一半，這次我們一定會把靈種全封印的。」

「那就交給你們了，我還有其他事情要忙。」龍耀有些疲倦的道。

「OK！那就Bye-bye啦！」傑克遜哼唱著小曲，快步跑進黑暗中。

龍耀昂望著天空中的彎月，道：「我好像覺得把什麼事情給忘了。」

莎利葉捏著下巴想了一會兒，道：「你媽媽不是讓你去接人嗎？」

「哦！對。竟然把這事忘了。」

龍耀不急不慢的掏出手機，撥通了沈麗發過來的號碼。

對方很快就接了起來，柔麗的聲音緩緩的傳來，「唔，是沈阿姨的兒子嗎？你怎麼現在才打電話啊？」

「對不起，有事耽誤了！」龍耀心不在焉的問道：「妳還在碼頭嗎？」

「我好像已經走出來了，現在在一條街道上，旁邊有一個廣告牌，上面寫著『天海一線歡迎您』。」

「哦！知道了，等在那裡，我馬上過去。」龍耀掛掉電話，慢慢的走過去。

他可不打算接待這位不速之客，因為這幾天會非常的忙碌，心想著將她安排到旅館中，以後跟沈麗有個交代就行了。

但當龍耀來到廣告牌下，看到那個女孩的時候，臉色一下子就變黑了。

那個身穿旗袍的女孩站在廣告牌下，低著頭正朝柔荑般的小手上哈氣，見到龍耀和莎利葉木然的站在前方，便面帶羞澀的踱到了兩人面前，道：「請問你是龍耀嗎？」

「啊！是我。請問您的尊姓大名？」龍耀心驚膽戰的應答著，偷瞄了一眼對方的大腿，見匕首還懸掛在襪環上。

「呃，你不用對我太客氣了，其實我們倆是同歲，你可以叫我鳳夜。」

「哦！鳳夜啊，我冒昧問妳一個問題。」

「你問吧！」

「妳有練過武術嗎？」

鳳夜輕輕的搖了搖頭，道：「沒有！我沒有體育細胞，做事笨手笨腳的。」

龍耀的嘴角不由自主的抽搐起來，又問道：「那妳知道玄門嗎？」

「那是什麼東西？」

「啊！沒什麼，我只是隨便問問。」龍耀擦了擦額頭上汗，道：「那跟我回家吧！」

010 彈指千年

本來龍耀想將鳳夜安排到旅館中，但是現在看到她有如此可怕的身手，便小心翼翼的迎回家中。

龍耀和鳳夜是乘坐著計程車回家的，而莎利葉則用神隱之眼接回了胡培培，所以當龍耀打開家門的時候，胡培培早就在沙發上躺了半個小時。

鳳夜看到面色蒼白的胡培培，驚叫道：「她的臉色好難看，好像食物中毒了。」

「沒有中毒，只是把胃吐空了而已。」龍耀掏出了七根針灸針，依次扎在胡培培的頭和胸部，後者的面色很快就緩和了。

「你還會醫術？」鳳夜露出崇拜的目光。

「略懂。」龍耀癱坐到沙發上，感覺身體要散架了。

寵物兔子靈巧的跳上龍耀的大腿，一條後腿輕輕拍動著想要討胡蘿蔔吃。鳳夜看到這軟綿綿的小毛球，歡喜的抱起來又是親又是蹭的。

就在這時候，林雨婷和維琪從浴室裡走出來，一眼便看到了豔光逼人的鳳夜。

「哥哥，這是怎麼回事啊？你們半夜偷偷出去，難道是為了私會她嗎？」維琪大叫道。

「對啊！這個女孩又是誰啊？怎麼突然就出現了？」林雨婷也跟著叫了起來。

龍耀疲倦的斜睨身後一眼，見林雨婷披著白色浴袍，一派清水出芙蓉的美姿；而維琪又是裸著上身，只穿著一件黑色的小內褲。

「妳們先把衣服穿好，行不行？」龍耀的口氣稍微有些嚴厲，兩女都噘著嘴巴穿衣服去了。

待大家都到齊之後，龍耀才依次介紹道：「我妹妹，我助手，莎利葉，這、這……這是寵物。」

「沒有血緣關係的妹妹哦！」維琪著重強調道。其實就算她不強調，這也非常的明顯。

「什麼助手啊?我叫林雨婷。」林雨婷拿著沙發靠枕丟了過去。

「我就是莎利葉,其實我是天使。」莎利葉做出誠實的自我介紹,但配合上她嘴裡的棒棒糖,這句話一點說服力也沒有。

「你真把我當流浪狗了啊?我告訴你,你不要看不起笨蛋,笨蛋也是有人權的,哇……」胡培培還沒有說完,又彎腰乾嘔起來。

龍耀看著滿屋子的人,忽然又想起了葉晴雲,如果是往常情況的話,那她應該跟大家在一起的。

鳳夜驚訝的看著這個大家庭,突然響起銀鈴般的笑聲,對小虎牙閃著銀亮的光華,道:「沈麗阿姨說的沒有錯,你果然是個很有趣的人。」

「那麻煩妳自我介紹一下吧!」龍耀道。

「我媽媽與沈麗阿姨是大學同窗,我住在天海一線峽對岸的綠島市,你們大家可以叫我鳳夜。」鳳夜笑意盈盈的說完,腮上出現了兩個小酒窩。

鳳夜不經意間的一笑一顰,便透露出九天仙子般的清麗。而在這清淡風味的映襯下,她外表的明豔則更加動人心魄，真應了「此女只應天上有，人間難得幾回見」的話。

維琪和林雨婷在一瞬間就動搖，心裡都生出了「贏不了」的想法。在眼前的這個女孩子面前，任何脫塵都是低俗，任何出眾都是平庸，任何華麗都是簡陋。

「啊！本來以為哥哥已經是我囊中之物了，怎麼會半路殺出這麼一個『程咬金』啊？」維琪皺著金色的眉毛思慮了一陣，不甘心的咬著嘴唇問道：「哥哥，你不是很忙嗎？為什麼還帶她回家？」

「哦！這是有原因的。」龍耀看了一眼牆上的時鐘，道：「助手，時間已經不早了，妳可以回家休息了。」

「哎！今晚，我想住這裡。」林雨婷道。

「不行！已經沒有多餘的床了。」龍耀指了指胡培培和鳳夜。

「十分抱歉，給你們添麻煩了。」鳳夜面帶中歉意的道。

「哼！」林雨婷嘛高嘴巴，甩門離開了龍家。

等聽到林雨婷汽車駛遠之後，龍耀才趴到莎利葉耳邊低語道：「用邪眼給她下暗示，告訴她這房間很危險。」

「呃！你確定要這樣做嗎？」莎利葉嚼著棒棒糖道。

「我們必須試驗一下。」

「好吧！」莎利葉緩緩的抬頭望向鳳夜，後者不自在的整理了一下服裝。

「這件旗袍是媽媽硬逼我穿的，為的是參加遊輪上的夏日旅行。」鳳夜的解釋還沒有說完，忽然看到莎利葉的目光一閃。

兩道紫色的光芒射入鳳夜眼中，光中帶著大量的危險訊息，轉瞬間侵佔鳳夜的大腦。與此同時，鳳夜的外表起了一絲變化，柔順的頭髮上揚了起來，眼神變得如刀般的銳利，身上湧起狂暴的殺氣。

維琪突然感覺到一股寒意，驚恐的撲進龍耀的懷抱，道：「哥哥，這是怎麼回事？」

「這就是我帶她回家的原因，這個女孩有雙重人格，第二人格非常的強力。」龍耀在說這話的同時，將一顆蘋果丟了出去。

鳳夜的雙眼隱藏在長髮中，憑著感覺拔出腿上的匕首，向著半空中揮出犀利的一斬。這一刀只劃出一條光影，但在鳳夜的手收回之後，蘋果竟然爆裂成二十七塊，像是破碎的魔術方塊似的落地。

且這破碎好像連鎖反應一般，四周的家具都發出一陣裂響，「劈劈啪啪」的碎成小木塊。站在一旁吃蘋果的胡培培，絲毫沒有被匕首斬到的感覺，但也在同一時刻被肢解成二十七塊。

「我的天啊！比想像的還可怕。」龍耀抱著維琪快速的翻身，離開支離破碎的沙發，「莎利葉，撤回她身上的暗示。」

莎利葉頂著犀利的刀風，向鳳夜又發出一記邪眼。鳳夜身上的殺氣頓時退去，搖搖晃晃的坐在地板上。

龍耀趕緊翻身跳起來，將胡培培拼湊完整。莎利葉打開了神隱之眼，將破碎的家具吸了進去。然後鳳夜也悠悠的轉醒，驚訝的看著眼前的景象，道：「咦！剛才發生了什麼？」

「沒什麼。」龍耀又取出一顆蘋果，遞給正在發呆的鳳夜，道：「妳身上帶著小刀啊，削一個蘋果吃吧！」

「啊！這刀是媽媽送給我的禮物，但我笨手笨腳的，不會削水果啊！」

「但是維琪很想吃妳削的蘋果。」龍耀向維琪使了一個眼色。

本來處於驚恐之中的維琪，馬上露出一張天真的臉，道：「姐姐，削蘋果給我吃。」

「唔！好可愛啊！那好吧，我來削。」鳳夜笨拙的抽出匕首，緩慢的削起蘋果。

這期間幾次削斷蘋果皮，還把蘋果掉在地上一次。削完後的蘋果跟顆馬鈴薯似的，而且體積減少了一多半。

鳳夜滿臉羞愧的低下頭，將醜陋的蘋果遞了出去。維琪接過蘋果輕咬一口，便連聲誇讚鳳夜削得好吃。但實際上維琪根本沒有嚐出味道，腦海中全是對鳳夜第二人格的恐懼。

在這個過程中，龍耀一直盯著鳳夜的匕首，他發現匕首中含有一絲靈氣，並時不時的閃現一下紅光。先前被鳳夜斬碎的那枚靈種，其中的靈氣似乎寄生在刀上了。

「這又是怎麼一回事？人類被寄生會變成靈能者，難道刀也會變成靈能刀？」龍耀沉思了一會兒，但卻沒有絲毫的頭緒。

他下意識的拿起手機，想詢問一下葉晴雲。但在電話簿中找到「班長」後，手指卻停在撥出鍵上。龍耀猶豫了好一會兒，還是把手機丟到一旁。

「班長，妳的選擇可不要讓我失望啊！」龍耀長嘆了一聲。

窗外飄舞著鵝毛般的大雪，寒風像有手似的拍著窗戶，有節奏的發出「啪啪」聲。房間裡點著一盞檯燈，溫馨的光照射著一張紅木小圓桌，桌上擺著幾本書和兩杯紅茶，嫋嫋的白霧飄搖在空中。

劉重坐在小圓桌的一邊，巨大的身軀擠在籐椅中，好像一隻卡在山洞裡的狗熊。他手裡攥著《靈如要訣》的樹皮卷，正在緊張的等待著一個結果。

小圓桌的另一邊坐著一個中年女人，銀髮在檯燈下閃爍著睿智的光華，正在翻檢一本十分厚重的大書。

中年女人的名字叫做葉可怡，是葉晴雲的姑姑，也是一名靈能者。她的靈能力是精神類的，所以一直作為後勤待在後方。

現在，葉可怡正在查找靈樹會的古老典籍，以確認枯林會歸還的《靈如要訣》的卷子。

葉可怡端正了一下近視眼鏡，好似無意的問了一句道：「你打算怎麼處理龍耀？」

劉重習慣性的撫摸著臉上的疤，道：「他現在跟枯林會走得很近，我必須按命令殺掉他了。」

「難道沒有別的辦法了嗎？」

「我聽了王風鈴今晚的彙報，龍耀在幫助枯林會封靈，看來是鐵了心要與靈樹會作對了。」

「唉！我也聽風鈴說過了，龍耀今晚突破LV5了。」

「是啊！真是可怕的進步啊！他讓我想起那個人……」劉重摸臉的手加重了幾分，為的是掩蓋手指的顫抖。他沒有對葉可怡提起見到沈麗的事，因為他還不能確定沈麗的真實身分。

「如果說服龍耀加入靈樹會的話，那我們的實力就會……」

還沒等葉可怡把話說完，劉重便一拳砸在桌上，道：「我已經努力過了！可那龍耀他油鹽不進。」

「也許是你的方法不對。」

「葉可怡，我知道龍耀對妳有恩，但請妳不要公私不分。」

龍耀對葉可怡的最大恩情是，用針灸術醫好了她的腿患，讓她能重新站起來走路。葉可怡一方面感激龍耀的幫助，另一方面也器重龍耀的才華，但見劉重把話說到這分上，便沒有辦法再勸說了。

葉可怡輕輕的嘆息一聲，道：「那你打算怎麼殺掉龍耀？龍耀已經達到LV5，雖然戰力還不如你，但他身邊有一個墮天使，兩人聯手的威力十分恐怖。」

「妳不要以為我只是一介武夫，身為靈樹會的戰鬥教官，我也是會使用策略的。」

「呵呵！」葉可怡忍不住笑了出來，但馬上又強行忍了回去，「呃，抱歉……」

劉重的黑臉漲得通紅，道：「好吧！告訴妳吧！我已經向總部提交了申請，使用這卷《靈如要訣》。」

「這卷《靈如要訣》是你奪回的，給你使用也是合乎規矩的。」葉可怡輕輕的點了點頭，道：「但這也不能保證你勝利，因為龍耀同樣有《靈如要訣》。」

「哼！總部還給了我一個密令，龍耀會在初七與劍皇決鬥。到時候，我就埋伏在附近等待，如果龍耀死在劍皇手，那我就省下氣力了；如果他僥倖存活的話，我就從背後補上一刀。」

「背後偷襲，這可不像你的作風啊！」

「沒辦法！這是總部的命令。」

「唉———」葉可怡長嘆了一聲，伸手去拿旁邊的茶杯，但卻將茶杯碰落桌下。

劉重趕緊彎腰去抓那只茶杯，無意中鬆開手中的《靈如要訣》。

就在這個時候，時間突然一滯。

房間裡的東西都靜止了，茶杯懸浮在半空中。

葉晴雲從內室走出，心情忐忑的抓過《靈如要訣》。

原來葉晴雲因為擔心龍耀的安危，就一直躲在隔壁的小房間裡偷聽。葉晴雲以前認為靈樹會代表的是正義，是為了保護靈能者的生命安全而建立的，所以她一直支持著靈樹會的方針，甚至不惜為靈樹會而與龍耀吵架。

但當葉晴雲聽到劉重要暗殺龍耀時，她對靈樹會的信心徹底崩潰了。

一個以保護靈能者為宗旨的組織，怎麼會用卑鄙的手段去殺害一名靈能者啊？

「難道我以前被告知的一切，都是靈樹會用來騙人的嗎？龍耀的選擇果然是正確的，他不加入靈樹會是有原因的。我不能讓靈樹會殺害龍耀……」在這種想法支持下，葉晴雲發動了靈能。

雖然明明知道在短時間內，劉重和葉可怡是無法活動的，但葉晴雲的心臟還是跳得很快。她決定偷走那卷《靈如要訣》，然後把靈樹會的陰謀告訴龍耀。

葉晴雲成功的拿到了《靈如要訣》，然後快步跑出了這個房間，旋風一般的衝下樓梯，差點撞倒端茶的王風鈴。

王風鈴搖搖晃晃的接穩茶壺，道：「妳跑什麼啊？」

葉晴雲的腳步沒停，道：「我、我、我有急事。」

「啊！什麼急……」王風鈴走進樓上的房間，突然也被時間定住了，像是木頭人似的站在門前。

時間過了大概半分鐘，葉晴雲的靈能才停止。這時候，劉重抓著茶杯重新坐回籐椅上，卻突然發現《靈如要訣》不見了。

不知道發生了什麼事的王風鈴，接著剛才的話題繼續道：「……事啊！晴雲，妳最近古古怪怪的。」

劉重的眼睛突然瞪到了最大，道：「葉晴雲，是葉晴雲！剛才是葉晴雲！她運用靈能力偷走了《靈如要訣》，命令所有的靈能者趕快去追！」

劉重大叫著衝出房間，樓下傳來一陣嘈雜聲，所有靈能者都衝了出去。

王風鈴還不知道發生了什麼，驚慌的看向穩如泰山的師父。葉可怡輕輕啜了一口紅茶，又一次確定了書本上的圖案，才道：「風鈴，妳也去追晴雲。」

「啊！我才不要跟師妹反目成仇呢。」

「那妳就假裝去追！找機會偷偷的告訴她，那一卷《靈如要訣》名叫『一彈指千年』。」

「咦？師父，難道這一切都是妳安排的？」

「咳！咳！為師什麼都不知道。」

「哦！那我也什麼都不知道。」王風鈴微笑著放下茶壺，飛一般的轉身衝下樓梯。

葉可怡一瘸一拐的站起來，扶著牆壁走到了窗前，老眼中閃爍著幾片淚花，喃喃自語道：

「我已經老了！無力去改變這個世界了，只能把希望放到你們身上了。」

葉可怡的住宅是一幢鄰海的別墅，葉晴雲沿著積雪的海灘向市中心逃跑，但她的奔跑速度實在是太慢了。很快，幾名靈能者便追了上來，將葉晴雲團攏在了核心。

就在兩名靈能者要動手抓人的時候，王風鈴突然如一頭莽牛似的撞了過來，道：「葉晴雲，妳竟然敢背叛組織，我要親手抓妳治罪。」

「師姐！」葉晴雲痛苦的喊道。

王風鈴一手按住葉晴雲的肩膀，靈活的轉身將她壓制在懷中，低聲道：「師父讓我告訴妳，那卷《靈如要訣》的名字是『一彈指千年』。」

「咦！一彈指千年。」葉晴雲一邊抓緊了樹皮卷，一邊輕輕的彈動起手指。

但她的做法顯然是錯誤的，「彈指」原本是印度佛教習俗，即拇指撚動中指和食指，發出清脆的聲響。彈指表示「歡喜」、「警省」、「覺悟」，同時也表示時間非常的短暫，一彈指的時間等於現在的7.2秒。

而葉晴雲的彈指則是用拇指壓彎食指，然後快速的向前方彈射出去，與真正的「彈指」差了許多。

葉晴雲試著彈了幾下，卻沒有任何的效果。

王風鈴依然抱著葉晴雲，額頭上綻起一道青筋，悄悄的催促道：「快點啊！換一個手指試試。」

葉晴雲聽從師姐的建議，換成了拇指壓彎中指，這與真正的「彈指」還是不同，但姿勢卻有些相似了。

忽然間，葉晴雲的三根手指尖端聚集起三點靈光，三點靈光旋轉出一條閃亮的圓環。

葉晴雲長舒了一口氣，心想：「終於找對了手訣，接下來就是口訣了。」

「一彈指千年——」葉晴雲輕輕的詠唱了一聲，三根手指緩緩的彈響起來。

由三點靈光勾勒的圓環忽然擴張，製造出了一個細微的衝擊波，衝擊波以極慢的速度傳播，飛到了一名想抓捕她的靈能者身上，整個過程漫長的就像過了千年一樣。圓環正中央伸出三條直線，組成了一個時鐘的樣子，三條直線如同錶針一般，快速的順時針旋轉起來。

下一秒鐘，那名靈能者急速的老化，頭髮、眉毛變得如同雪花一般蒼白，雙腿搖搖晃晃的癱坐在地上。

「啊——」周圍的靈能者都發出驚叫聲，不由自主的向後退了幾步，連王風鈴都不自覺的後撤了。

「這、這、這……對不起！我不是有意的。」葉晴雲第一次使用傷害性的靈能，心裡一下之間還無法接受。

她低頭看了一眼左手，見左手三指也有靈光，但與右手的感覺不同。葉晴雲鼓足了勇氣，左手又打了一個「彈指」，道：「一彈指千年。」

還是一樣，靈氣圓環飛射了出去，但這一次時鐘卻是逆時針旋轉，那名老邁的靈能者瞬間年輕了。但是，葉晴雲因為是第二次使用靈訣，對靈氣的使用量把握的不準確，把對方的時間多倒轉了十年。

靈訣的運行結束之後，對面出現了一個小孩，身上穿著拖地長的衣褲，「哇哇」的仰天大哭起來。

「咦！對不起，我……」葉晴雲剛想再用右手發動一次，突然感覺身體十分的疲憊，竟然無力的昏倒在地上。

《靈如要訣》裡的靈能術法，都是非常消耗靈氣的，一般沒人能連續的發動。不過，龍耀卻是唯一的例外，因為他的靈訣是「奪天地一氣」，也就是吸納天地間的靈氣，所以他的靈氣越用越多。

當然，不斷的吐納靈氣，對身體也是一種負擔，所以他仍然不能無限使用。

王風鈴的目的本來是放跑葉晴雲，如今卻見她倒在地上昏睡過去，一時之間不知道怎麼辦才好。這時，劉重終於追了上來，看了一眼倒地的葉晴雲，伸手便要去奪樹皮卷。

但攥在葉晴雲手中的樹皮卷，突然幻化出一團璀璨的靈光，如蒸氣似的散發到空氣中。

「啊！靈訣被使用了。」劉重不敢相信的瞪大了眼睛，道：「把她押回去。」

010 最終遺言

劉重見《靈如要訣》被葉晴雲使用了，便氣急敗壞的命令手下押她回去。

兩名靈能者走上前來，剛要抓起葉晴雲的手。可忽然大地一陣震顫，一道黑霧噴湧而出。黑霧中透射著魔法的氣息，還時不時傳出一聲馬蹄響。

等黑霧稍微散去之後，一名騎士出現在前方，懷裡橫抱著葉晴雲。

這名騎士披著中世紀的盔甲，盔甲縫隙中冒湧著黑色的魔氣，胯下騎著一匹白骨森森的戰馬，戰馬的鼻孔裡不斷的噴出火焰。最讓人震驚的是這騎士沒有頭顱，盔甲上方只有一個黑忽忽的大洞。

011 最終遺言

空蕩蕩的盔甲起了一絲震動，好像鋼鐵互刮一般的聲音響起，道：「無頭騎士在此，誰敢與我一戰？」

劉重恨得牙齒發出一陣碎響，舉起砂缽大的拳頭便打，道：「裝神弄鬼！你是什麼東西啊？」

無頭騎士一手護住葉晴雲，另一隻手橫劍攔擋在身前。但劉重的拳勁實在驚人，一拳便打斷了騎士劍，並趁勢擊穿了對方的胸甲。

「磅」的一聲響，盔甲和骨骼碎片四飛，就像是遭到爆破一般。

「哇！教官好厲害。」周圍的靈能者發出讚嘆聲，劉重也得意的咧開了嘴。

但他的嘴角只咧到一半，又慢慢的合攏了起來。一道詭異的魔氣吹拂而來，將破碎的盔甲和骨骼收起，轉眼間又拼湊起完整的無頭騎士。而葉晴雲則輕飄飄的浮在半空，由一大團黑色的魔氣托著。

「可惡啊！」劉重這一次將雙拳攏於肋下，準備打出一招「雙龍取水」。

但忽然有一個聲音制止住了他，道：「停手吧！這只是一個由魔法召喚出的傀儡，只要你打不倒魔法師，這個傀儡就會無限的再生。」

劉重驚訝的扭頭看去，見來者竟然是葉可怡。葉可怡的雙腿雖然已經恢復，但仍然不能長時間的走路，走到這裡已經是她的極限了。

王風鈴趕緊飛躍到近前，攙住滿頭虛汗的師父。

「是魔法協會的高人吧？請現身一見。」葉可怡對著黑暗說道。

黑暗的海上旋起一股海風，有兩個人踏著水走了過來。前方的一人穿著一件十分誇張的黑色法袍，太陽形的袍領上繡著時鐘的十二個刻度，前襟上寫滿了幾十種有關時間的詞彙。法袍就像一條棉被卷似的，將魔法師的身體團團裹住，只露出一張年輕的臉和一雙蒼老的手。

魔法師的面孔看上去只有二十多歲的樣子，但眼睛裡的渾濁目光卻好似有八十歲了，而他的那雙手枯皺的就像老樹根。魔法師的枯手中握著一本魔法書，封面中央鑲著一個金製的骷髏浮雕，外圍是一個寫著希臘數字的錶盤。

那本書中冒溢著濃厚的魔氣，直接匯聚到無頭騎士身上。

封面的下方寫著一行拉丁文字，葉可怡認出那幾個字的意思——「最終遺言」。

「哈哈！這個女孩能操縱時間啊！一定是上天賜給我們的禮物。」魔法師從年輕的嘴巴裡，發出了蒼老的嗓音。

「呃！卡穆斯老師，您想做什麼？」後方的一人邊說邊走出陰影，露出一張英俊瀟灑的臉。如果葉晴雲不是昏迷的話，那她一定會失聲大叫起來，因為她認識這個年輕人。他的名字是加里．科林，是魔法協會在東方的代理人，維琪就是被他養在玻璃罐裡的，白冰也是他找來的幫手。他與龍耀曾有過數次生死交鋒，看來這一次他又想加害龍耀了。

「哈哈！我們是魔法協會分部——時之塔的魔法師，凡是與時間有關的異能者，都是我們的好朋友啊！所以我要救走這無助的女孩，就像傳奇中的騎士們那樣。」卡穆斯高聲大叫著，好像在表演歌劇似的。

「可是老師，她是靈樹會的人，會引起衝突的。」加里．科林小心的提醒道。

「哈哈！那就讓邪惡的強盜們來吧！我會像騎士一樣守護這女孩。」

加里．科林舉手捶了捶額頭，對這瘋老頭徹底沒辦法了，又道：「老師，她的名字是葉晴雲，是龍耀的朋友和助手。」

「哈哈！就是那個幾次打敗你的東方少年嗎？你可真是丟光為師的臉面了。」

「對不起，老師……」加里．科林低下了頭。

「哈哈！反正龍耀也快要死了，這女孩以後就由我來照顧吧！」卡穆斯用枯手拍動了一下古書，托浮著葉晴雲的魔氣飛到了他身後。

葉可怡確定對方是非常危險的人物，葉晴雲落入他們的手中，還不如落入劉重的手中。

「劉重，快奪回晴雲啊！」葉可怡道。

可劉重卻站在原地沒有動，面孔因憤怒而憋得通紅，額頭上的青筋不斷綻起，道：「總部曾有過命令，不得與魔法協會起衝突。」

「咦？這是為什麼？」

「我怎麼知道啊！」劉重憤恨的彎下身子，向著地面打出一拳。這一拳如同飛機投下的炸彈一般，砸出一個十米多寬的大坑。

「哈哈！哈哈！哈哈……」卡穆斯放聲大笑著，和加里．科林一起走進黑暗之中。

無頭騎士在原地站了幾秒鐘，身上的魔氣逐漸消散掉了，最終變回一堆鬆散的沙土。

葉可怡擔心的看著對方走掉，向王風鈴低聲耳語了幾句。王風鈴看了一眼劉重的後背，緩緩的後退躲進草叢之中，掏出手機撥通了龍耀的號碼。

現在已經是午夜兩點鐘了，龍耀安頓鳳夜睡下之後，又哄睡了耍小脾氣的維琪，然後才在書房裡研究《無字天書》。《無字天書》的第二卷真是太難懂了，每一頁、每一行，甚至每一個字，都有著多種含意。

而且隨著研究的不斷深入，龍耀突然發現一個問題，那就是他對第一卷的理解太膚淺了。兩相結合的理解「一氣化三清」和「缺一者為尊」，龍耀忽然感到有一個黑洞停在自己的眼前，巨大的訊息量簡直可以和整個宇宙相媲美。

就在這時候，王風鈴的手機撥打了進來，急切的道：「葉晴雲被搶走了。」

龍耀一邊翻看著《無字天書》，一邊懶洋洋的詢問道：「葉晴雲是誰啊？」

「啊！你傻了嗎？是葉晴雲啊！」

龍耀奇怪的眨了眨眼睛，感覺這名字十分的耳熟，但一時之間卻又記不起來，只好以求助的目光望向莎利葉。

莎利葉舔著棒棒糖，道：「是不是『班長』啊？我記得她好像姓『葉』。」

「什麼！班長被搶走了？」龍耀「噌」的一聲站了起來，道：「被誰搶走了？」

「魔法協會的人。」

龍耀意識到事情不尋常，便強壓下躁動不已的心，道：「把詳細的情況說給我聽。」

王風鈴將事情詳細的講述一遍，龍耀像是一個聽故事的路人一般，以第三者的角度仔細的聆聽著。

「我明白了！聽妳的描述，那個年輕的外國人應該是加里．科林。」龍耀道。

「現在該怎麼辦啊？」

「妳不要管了，這事由我來處理。」龍耀掛掉了手機，手指輕敲著桌子，道：「魔法協會此時出現，一定有著不可告人的目的。」

「或許和『天海一線決』有關係。」莎利葉道。

「嗯！我也是這樣認為的。不過，現在的當務之急，是儘快把班長救回來。」

「那要先查到加里·科林的住處。」

龍耀從袖內抽出兩根針灸針，扎在了自己的太陽穴上，舒緩了一下緊張的神經，道：「加里·科林雖然是魔法師，但在文明社會中的身分卻是商人，他一定會按正規流程進入國境，那政府部門應該會有他的資料。有辦法了……」

龍耀撥響了胡榮的手機，但一直沒有人接聽。不過龍耀一點也不著急，連續撥打了十三次，話筒裡終於傳來了怒吼聲，道：「你這渾小子，半夜不睡覺啊？」

「胡榮，你還記得加里·科林嗎？」

「誰？」

「就是半年前，沉船的那個外國富二代。」

「哦！我記起來了，那船是被你炸沉的，但他當時卻沒指證你。」

「那船是自己沉的，跟我沒有絲毫關係。」龍耀滴水不漏的指正了一遍，又道：「你應該能找到他的資料吧？我想知道他現在的住處。」

「啊！這是警方的內部資料，不能隨便告訴外人。」

龍耀皺著眉頭稍微思考了一下，道：「其實事情是這樣的，胡培培被那富二代騙了，到他的住所去開Party了，我想儘快把她追回來。」

「啊！竟然有這種事情？果然老外都不是好人。」手機聽筒裡傳來「撲通」一聲，估計是胡榮滾到床下去了，「我跟你一起去！把手槍也帶上。」

「喂喂喂！你不要激動啊！這種事讓我來處理就行了，你一個警察去了反而不好。」

「這——你說得也對。那你一定要把培培帶回來啊！」

「那就快點給我地址，如果晚了，胡培培……」

書房的門突然「吱呀」一聲打開了，剛從洗手間回來的胡培培探進頭來，道：「叫我做什麼？」

「咦！」龍耀趕緊伸出手來，捂住胡培培的嘴。

另一邊的胡榮折騰了一頓，終於將地址翻找了出來，道：「你絕對要保證培培的安全啊！如果她被外國人糟蹋了的話，我可不會輕饒你這個臭小子。」

「知道了！」龍耀拿到地址後，便掛掉了手機。

胡培培活動了一下被捏痛的嘴，然後兩隻纖手攥成了拳頭，向著龍耀打出一套粉拳，「你又在胡說什麼啊？為什麼老是欺騙我爸爸啊？」

「因為妳爸爸太容易騙了！笨蛋的爸爸果然還是笨蛋。」龍耀打開Google電子地圖，尋找著胡榮給的地址。

加里·科林不愧是科林財團的大少爺，竟然在臨近「天海一線」的沿海地帶，建造了一座佔地面積頗大的豪華公館。龍耀從電子地圖上看了一下結構，大體推測出公館的出入口，以及葉晴雲可能被收押在什麼地方。

見龍耀一臉嚴肅的表情，胡培培也不再打鬧了，問道：「出什麼事了？」

「班長被加里·科林綁架了。」

「咦！那個外國變態嗎？」

「對！就是他。」

「那你還坐在這裡幹什麼？」胡培培焦急的道。

作為一名曾經的不良少女，胡培培在學校的朋友很少，龍耀是她交到的第一個朋友，葉晴雲則是她第二個朋友。而且兩人作為同齡的女生，有很多小秘密可以一起分享，這是異性的龍耀無法取代的。所以聽到葉晴雲落入加里．科林之手，胡培培顯得比龍耀更加著急。

「關心則亂！一定要保持冷靜。」龍耀把Google地圖存入手機，道：「我們先去勘查一下地形。」

「那我去換衣服。」胡培培急匆匆的衝出書房，卻突然呆站在走廊處。

龍耀一邊收拾著東西，一邊奇怪的扭頭看去，道：「妳發什麼呆啊？」

胡培培向旁邊一轉，露出維琪的身影。維琪和胡培培睡在一起，見胡培培離開臥室後，便也跟出來想去洗手間，卻不料聽到了這番談話。

「我也要去。」維琪道。

龍耀打量了她一眼，道：「不行！太危險了。」

「我一定要去。」維琪的眼淚流了下來，身體在輕輕的顫抖著。

「妳都害怕的發抖了。」龍耀道。

加里．科林和魔法協會，對維琪來說簡直就是地獄，這種恐懼是鐫刻在基因中的，根本無法用精神去克服。

「即使這樣……我還是要去，我一定要與哥哥站在一起。」

龍耀輕嘆了一口氣，道：「去換衣服。」

「嗯！」維琪鄭重的點下頭，扭身跑回臥室。

加里・科林的公館位於紅島市的東側，與著名的景點「天海一線」只有一路之隔。公館建築恢宏大氣，佔地大約有兩萬多平方米，在寸土寸金的沿海風景一線，更彰顯出了卓爾不群。

公館採用左右對稱式的設計，中間有一幢三層高的主樓，頂部矗立著四座古典角樓，上面設有拱形的凸窗，尖頂和凸窗上都雕滿了石像。整幢建築的主體採用了西式風格，但細節處又添加了中式文化，比如正門前的兩座漢白玉的石獅子。

樓前有一座大型的花園，面積大約兩千平方米，園中栽種著香樟、雪松、紫藤，還有一間很大的玫瑰花房。花園的正中央有一座高大的塔式噴泉，水花掩映中聳立著時間女神的雕像。女神一手托沙漏，一手提著懷錶，安詳的凝望著未來的方向。

在花園中的假山之上，設有一座中式小涼亭。小涼亭的高度剛好高過外牆，可以從此處眺望「天海一線」。

主樓後面設有游泳池、網球場等休閒場所，旁邊還有停放豪華轎車的庫房。公館裡面大約有一百多名僕從，但真正的人類只有二十幾名，其餘都是魔法召喚的生物。

現在是黎明時分，龍耀站在兩千米外的一幢高樓頂上，已經觀察公館約有兩個小時了，他擺弄著手中的智慧型手機，在螢幕上畫出結構圖，分析著各處的安保配備。莎利葉坐在高樓的腰牆上，在風雪中搖晃著兩條小腿，神情專注的舔弄著一根棒棒糖。胡培培捧著一罐熱咖啡，像老母雞似的蹲在避風的角落裡。

維琪雙手端著一臺望遠鏡，順時針的旋轉過了三百六十度。突然，她好像感覺到了什麼，又逆時針的將身體轉回，最終將目光定在了「天海一線」的位置上。

海上的天空仍是灰茫茫的一片，「天海一線」的真顏被遮在霧中，只能模模糊糊的看到一條灰線，倒是劍皇丟在海中的巨石格外顯眼。

「日月同輝夜，天海一線決。針下寄恩仇，劍中問生死。」維琪默唸了一遍，又偷眼望向龍耀。見他全神貫注看著科林公館的動向，全然沒有生死決鬥前的緊張感。

龍耀沒有扭頭看維琪，只是淡定的詢問道：「有什麼發現嗎？」

「呃……天海一線，好像有奇怪的魔氣。」維琪道。

「是劍皇遺留的氣息嗎？」

「不是！」維琪沉默一會兒，才道：「我不知道我的感覺是否準確，但那魔氣好像是加里．科林的。」

龍耀的心中起了一陣狂瀾，難道「天海一線決」的背後，有魔法協會在背後操縱？

龍耀扭頭看向了「天海一線」，以他被靈氣鍛鍊過的感官，根本不需要藉助望遠鏡，但他卻什麼也沒有發現。龍耀相信維琪對魔法的感覺，因為已經有幾次成功先例了。維琪作為魔法協會的最高傑作，對魔法有著無與倫比的感知能力。

因此，龍耀鄭重問了一句：「魔氣在哪裡？」

「在海面下。」維琪道。

「海面下？這妳都能感應到？」

維琪輕輕的點了點頭。

「很好！帶妳來，果然是正確的。」龍耀擁抱了維琪一下，在她額頭上輕輕一吻。

維琪露出了開心的笑顏，但馬上想起林雨婷的事，便輕輕的把龍耀推開，道：「哥哥，不要隨便親人家，要多拍我的肩膀。」

「啊？」龍耀奇怪的搖了搖頭，轉身看向了莎利葉，道：「妳偷偷的下海去看看，但別鬧出太大的動靜。」

「在這麼嚴寒的天氣，要讓弱女子下水嗎？」莎利葉懶洋洋的道。

「妳是天使吧？嚴寒和酷熱，陸上和海裡，對妳沒差別吧？」龍耀無奈的搖了搖頭，道：「回去時，給妳買棒棒糖。」

「什麼牌子？」

「素手浣花黑糖棒棒糖，純手工製作的那一種。」

「啊！你早說嘛。」

莎利葉吞下含在嘴裡的棒棒糖，展開雙臂向著樓外一縱，在半空中展開了天使翼，向著「天海一線」的海面衝下，然後像是鶻鷲衝入水中一般，一頭扎進昏暗無光的海底。這一連串的動作一氣呵成，竟然沒有激起一點浪花，連入水的聲音都非常的小。

如果她去參加奧運會的話，估計能拿到跳水項目的冠軍了，看來棒棒糖的威力真的很大。

維琪又端起望遠鏡，看向了科林公館，道：「我感覺加里．科林出現了。」

「哦！」龍耀定睛看向了主樓，見正門緩緩的往兩邊分開，有兩人談笑著走了出來。

龍耀輕輕的點了幾下頭，道：「維琪，妳簡直就是一臺人形雷達啊！」

維琪習慣性的抬起小臉，等待著龍耀來親一下額頭，但等來的卻只是拍打肩膀。

「咦，哥哥怎麼不親我了？」

「妳剛才不是讓我拍妳肩膀嗎？」

「呃……」維琪仔細體會著拍肩和親吻的感覺，最終道：「看來拍肩只適合林雨婷啊，哥哥還是多親親我吧！」

「那等下次吧，這一次的獎勵已經給了。」

「哼！」

龍耀看了一眼胡培培，道：「妳留在這裡保護維琪，我去看看加里・科林在搞什麼鬼。」

「哥哥，要小心啊！」維琪擔心的道。

龍耀伸手比出一個「OK」的手勢，向著旁邊稍矮一點的樓層躍出，在鱗次櫛比的樓頂上疾奔了一會兒，便消失在了公館外的綠化林中。

012
科林公館

龍耀並不害怕加里・科林，但卻有些畏懼旁邊的怪人。根據王風鈴提供的情報，那個叫卡穆斯的怪人，很可能是加里・科林的老師。

加里・科林是魔法協會的中階魔法師，那就說明卡穆斯至少是高階魔法師。而高階魔法師相當於LV6的靈能者，龍耀是不可能在正面交鋒中獲勝的。

在科林公館外圍，龍耀停下了腳步，凝神收斂起靈氣，讓自己變得如同枯木。

綠化林中的小鳥來回飛舞，從一棵樹上飛跳到另一棵樹上，有幾隻便落到了他的頭頂。

看到這些小鳥的反應，龍耀知道已經行了，便向著外牆一貼，指尖彈出龍涎絲，吸附在磚縫中。

龍耀就像一隻壁虎似的，緊貼著牆壁爬了進去。進到入高牆內部之後，盡量找陰暗的地方，像是蛇似的蜿蜒爬行，逐漸靠近加里·科林。

加里·科林和卡穆斯坐在涼亭中，享受著香氣馥郁的早餐咖啡，眺望著「天海一線」的方位。這個位置就像是劇場裡的頭等包廂一般，正好可以觀看到「天海一線決」的大戲。

龍耀在這一瞬間突然意識到，選擇「天海一線」作為決鬥場，可能是魔法協會告訴劍皇的。

「哈哈！日月同輝夜，天海一線決，就要有好戲看了。」卡穆斯大笑著道。

「是的，老師。」加里·科林點了點頭。

「哈哈！加里，你在魔法修行上造詣不深，但在策略上卻充滿天賦啊！」

「多謝老師誇獎了。」

卡穆斯的枯手撫摸著魔導書，年輕的臉上顯露出詭異的笑，「哈哈！海面下的魔法陣布置的如何了？」

「萬無一失。」

「哈哈！劍皇會不會探測到魔氣？」

「絕無可能。」

「哈哈！你這麼確定？」

「是的！我花費了大量的資金，在海下岩層的二十米深處，像是挖海底隧道似的，挖出了一個中空的魔法陣，就算是冰霜劍皇也不可能發覺。」

「哈哈！好，好！」

龍耀匍匐在假山下的草叢中，聽到加里．科林的這番話後，暗自為加里．科林的陰險咋舌，同時也為維琪的探測能力感到震驚。

「老師，這個魔法陣一定可以殺死劍皇的，但劍皇在魔法協會中也很有權勢，我們的陰謀會不會暴露啊？」加里．科林有些擔心的道。

「哈哈！不用怕！殺死了冰霜劍皇之後，就把罪行全推給龍耀。然後我們策動魔法協會，向東方各大玄門發動戰爭，趁機吞併東方這塊黃金寶地。」

「如果一切順利就好了。」加里．科林道。

「哈哈！一定會成功的。等到完全征服了東方玄門之後，我們就可以進行第二步計畫了。」

加里・科林望著有些瘋狂的卡穆斯，道：「老師，在我看來，第一步就已經是稱霸世界級別了，怎麼還會有第二步的存在啊？」

「哈哈！第二步當然是超越世界了。」

「咦？難道是『異界』？」

「哈哈！關於這個大計畫嘛，以後會有人告訴你的。」

加里・科林聽出了弦外之音，道：「那老師為什麼不告訴我，難道您還有其他的事要做？」

「哈哈！加里啊，為師已經不年輕了，這次計畫完成後，我就要回老家結婚了。」

「啊！老師，不要說這麼晦氣的話。」加里・科林神情緊張的道。

「哈哈！老師結婚是晦氣的事嗎？」

「不、不、不！我不是這個意思。」加里・科林琢磨了一下言辭，道：「我的意思是，魔法界失去您這麼一位德高望重的大法師，這是一件多麼不幸的事情啊！」

「哈哈！我也到了享享清福的日子了。等我歸隱之後，這本《最終遺言》魔導書，就送給你使用吧！」

「哦！真的嗎？」加里．科林看向《最終遺言》，貪婪的目光一閃而過。但他馬上又冷靜了下來，笑著道：「不知道我的師母是哪位佳麗？」

「哈哈！這人你早就認識了，就是葉晴雲小姐啊！」

「咯吧」一聲響，加里．科林的下巴掉下來了，用手揉了一會兒下頷骨，才道：「老師，她才十八歲啊！」

「哈哈！為師也不老啊！只比她大了九……」卡穆斯啜了一口咖啡，接著道：「九倍而已。」

九倍！也就是說這傢伙已經一百八十歲了？龍耀驚訝的窺視著卡穆斯，心中聯想起維琪的實驗，看來魔法協會對基因技術很有研究。

「那弟子在此提前祝賀老師了。」加里．科林露出禮節性的笑容，道：「葉小姐的身體還好嗎？」

「哈哈！很好啊！女僕們照顧著她，正在玫瑰花房裡賞花。」

卡穆斯年輕的臉上，露出瘋狂的笑容，道：「為師還是第一次遇到有時間能力的女人，這肯定是上天對我追求時間真理的獎勵。」

「嗯！嗯！是！是！」加里‧科林看著老師的癲狂相，只能順應著他的意思說了。

龍耀用力抽動了兩下鼻子，嗅到一絲淡淡的玫瑰香，接著便像蛇似的遊了過去。

玫瑰花房完全是用水晶玻璃堆積的，由數千個玻璃面組成半圓形的穹窿。花房的中央有一片圓形空地，放著一張水晶做的小圓桌，圓桌上擺著開茶會的用品。玫瑰花房以圓桌為圓點，把四周分成了十二個刻度，每個刻度裡種一種玫瑰花。

在時間魔法的作用下，十二種顏色的玫瑰花，按十二個時辰陸續盛開。現在大約是早晨七點鐘，藍色的玫瑰開放的正盛。

葉晴雲坐在中央的小圓桌旁，出神的凝望著頭頂的天空。水晶玻璃的接縫交織在上方，像編織出一只金絲鳥籠一般，將她牢牢的在困在了籠中。

雖然葉晴雲還不清楚發生了什麼事，但因為清醒時見過了加里‧科林，所以她估計這絕不會是好事。

葉晴雲的校服在打鬥中已經弄髒了，因此女僕們給她換上了一件晚禮服。

這是一件水藍色的宮廷款式的晚禮服，裸露肩膀的設計使她感覺很不舒服，而且下面的鋼絲裙撐也讓腰很累。

「唉……」

葉晴雲輕輕嘆息了一聲，眼眶中湧出了一滴熱淚。但那滴淚還沒來得及滾落，葉晴雲的眼睛便猛的瞪到了最大，致使那團淚水又吸回了眼眶中。

她突然看到龍耀趴在花房上方，像是一隻寂靜無聲的蜘蛛似的。

龍耀取出一枚伏羲九針，在針頭上加持上靈氣之後，像是玻璃刀一般的劃開穹窿頂，隨後使用一根龍涎線作為吊索，像是蜘蛛人似的從上方倒垂下來。

兩名經過魔法訓練的女僕侍奉在桌邊，見她們的「公主」正出神的望著上方，便也抬頭向著上面偷瞄了一眼。

就在這一瞬間，龍耀抓住了時機，彈出兩根針灸針，釘在了女僕的眉心上。針灸針釋放出靈氣，瞬間衝進神經中樞，使身體暫時定格在了原地。

龍耀平穩的降落到地上，打量了一眼葉晴雲的衣服，道：「挺適合妳的。」

其實這是龍耀從林雨婷那裡學到的禮節性誇獎，而那件宮廷晚禮服一點也不適合葉晴雲，這件衣服的原主人明顯是個高瘦的北歐人。

不過，葉晴雲並沒有在意這些，她猛的撲進龍耀的懷裡，「你怎麼找到這裡來了？」

「這個倒是不難！不過我要告訴妳一件事。」龍耀平靜的道。

「什麼事？」

「我暫時不能救妳走。」

「為什麼啊？」

「因為妳的行動能力太差，根本跟不上我的速度。」龍耀實事求是的說著，一點也不顧忌對方的感受。

葉晴雲噘了噘嘴，道：「那你不怕他們欺負我嗎？」

「不怕！因為我已經偷聽到了，卡穆斯要名媒正娶妳，所以不會給妳罪受的。」

「啊！那你不怕他強暴我嗎？」

「不怕！因為卡穆斯已經一百八十歲了，我推測他已經沒那能力了。」

「呃……哼！反正你就是不打算救我走，對吧？」

龍耀取出剛才劃破玻璃的那根伏羲九針，針尖上縈繞著清澈的靈氣，道：「妳把這根針帶在身上，我就能感應到妳的方位了。」

「然後呢？」

「天海一線決後，我會趕過來救妳。」

一提到「天海一線決」，葉晴雲便不再顧及自己的安危，轉而憂心忡忡的看向龍耀，道：「你有把握劍皇會贊成你嗎？如果她反對你的計畫，可能會在決鬥中殺掉你啊！」

「我只能賭一把了。」

「我還要告訴你一件事，靈樹會給了劉重密令，要在『天海一線決』時，趁機對你下殺手。」

「我不會給他機會的。」龍耀道。

忽然，玫瑰花房的玻璃門打開了，有兩名女僕端著茶點進入，一眼便看到不速之客的光臨。

「有闖入者！」女僕發出了警報聲。

龍耀聳了聳肩膀，道：「好好保重！我會回來的。」

說完了這句話，龍耀攀著龍涎絲飛回穹窿上，踩著玻璃房頂一陣飛躍，消失在花園之中。公館各處同時響起了警報聲，大群的僕從向著龍耀追去。

葉晴雲看著龍耀飛躍的身影，又想到自己笨拙的樣子，便嘆息著坐回到桌子旁，將伏羲九針深深的藏入懷中。

龍耀想沿著原路返回，卻發現高牆下有魔氣，原來是卡穆斯召來毒蛇，將公館四周全都封鎖了。龍耀害怕在這裡耽誤了時間，被卡穆斯和加里．科林圍攻，便果斷的折返向公館深處，期間打倒了幾名衝上來的僕從。

這些僕從雖然都經過戰鬥訓練，但還遠不是LV5 靈能者的對手。

龍耀幾乎沒有受到阻礙的衝進主樓，突然感覺到一股巨大的魔氣迎面衝來。主樓的防衛力量都是卡穆斯的召喚怪獸，與外面的人類僕從完全不同。

主樓的大門轟然一聲關閉，門廳的兩側打開許多狗洞，幾十隻冒著黑氣的亡靈狗瘋狂的撲咬了出來。

龍耀用力跺了一下腳，靈氣沿著地板四飛，夾雜著無數碎石塊，將亡靈狗暫時逼退。

門廳正前的大樓梯旁，蹲坐著兩隻石像鬼，紅色的雙眼放出一陣光，便爆碎身上的石皮，展開翅膀俯衝了過來。

龍耀雙手向袖子裡一交叉，瞬間便夾出了十根針灸針，向著一隻石像鬼猛的一刺！

針灸針刺入了要害之處，封鎖住了石像鬼的魔氣，讓它如石塊似的摔在了地上。接著，龍耀甩出兩條龍涎絲，套在另一隻石像鬼的脖子上，然後縱身跳到石像鬼背上，操縱著它飛衝上了大樓梯。

石像鬼在半空中依然不老實，扭晃著腦袋想要撕咬龍耀，卻不料一頭撞擊在二樓的石柱上，立馬爆裂成一堆破碎的石塊。

龍耀趁勢滾身落地，並彈出一條龍涎絲，橫置在二樓入口處。亡靈狗從下面衝了上來，撞擊在如刀般的龍涎絲上，被整齊的分割成上下兩半。

正當龍耀以為可以舒口氣時，忽然腳下的地板起了一絲震動，十幾隻女人的手伸了出來。這些手像表演印度舞蹈似的，擺出各式各樣的花俏動作，並漸漸的攀上龍耀的腿踝。

龍耀警惕的使出「一氣化三清」，真身向著半空中奮力一躍。下面的怪手果然非常危險，突然變成恐怖的鬼手，將假身的雙腿撕成碎片。

龍耀在半空中射出了龍涎絲，纏繞在二樓大廳的吊燈上面，像是人猿泰山盪樹藤似的，轉眼來到上面的三樓。

闖入這一層樓後，龍耀立刻感覺氣氛有些不同。第三層樓不僅沒有魔氣，反而飄舞著一種淡淡的香味，裡面陳列的全是宮廷物品。徜徉在奢華的貴族氣息之中，龍耀有一種穿越到羅浮宮的錯覺。

不過，與歐式傳統的宮闈不同，這一層樓的裝扮是以白色為基調，然後輔以天藍、蒼綠之類的顏色，讓人一有種親近北歐風光的感覺。

忽然，龍耀看到衣櫃的門虛掩著，便打開看了一眼裡面的情況，見裡面只少了一件晚禮服。

根據旁邊陳列的衣裙尺寸推斷，少的禮服應該就是葉晴雲穿的那件。

「這一層樓到底是給誰預備的？這些衣服的主人又是什麼人？」龍耀低頭沉默了片刻，腦海中突然生出一個念頭，「難道這是……」

正在這時候，樓梯上傳來腳步聲，加里．科林追了上來，後面還跟著大堆僕從。龍耀沒有絲毫的猶豫，轉身撞碎了後窗的玻璃，落到了公館的後院之中。

龍耀先前研究過公館的結構，知道在後院邊緣有一扇後門，通過後門可以直接奔向市區。龍耀直接奔向那扇後門，可突然一股魔氣擋在門前，黑色的魔氣捲起一堆塵土，在半空中聚攏出了奇怪的形狀。

轟然一聲響，無頭騎士的身影落到了地上，揮劍砍向驚訝之中的龍耀！

龍耀在向旁邊躲避的同時，單手揮出五條龍涎絲，龍涎絲像是鉤爪般射入騎士鎧甲中，將無頭騎士的身體撕裂成碎片。但魔氣又將塵土聚攏了起來，無頭騎士像是不倒翁似的，再次向龍耀發起了衝鋒。

龍耀仔細的辨識著這股魔氣，望向了魔氣傳播過來的方向，見卡穆斯手捧著《最終遺言》，正在為無頭騎士供應魔法。

「原來如此啊！是召喚型的魔法。」

龍耀陷入了如泥沼一般的危險境地，直接打倒無頭騎士是不可能的，因為這個傀儡可以無限的再生，除非能消耗光召喚師身上的魔氣。但卡穆斯身為一名高階法師，身上的魔氣可不是那麼容易耗光的。

就在這個時候，龍耀身邊的空間裂開一條縫，一隻神隱之眼猛的睜到最大。莎利葉的小腦袋探了出來，道：「我感覺到你有危險。」

「來得太及時了！不過能不能用別的方法逃跑？我實在是不想再進這隻眼睛了。」龍耀回想著上次的情況，心有餘悸的說道。

「哼！好心來救你，還這麼多要求，那我可不管了。」莎利葉假意要離開，龍耀趕緊跳了進去。

又像上一次一樣，進入了一個奇怪的空間，前後左右全是大瞪的眼睛。不過這一次的衝擊比上一次小了很多，龍耀覺得自己的身體大概適應這種情況了。

但是他高興的有點太早了！

當龍耀鑽出神隱之眼的時候，發現自己沉浸在刺骨的海水中。一瞬間，龍耀全明白了！原來莎利葉正在調查海底，感應到他在公館有了危險，便在海底直接打開了神隱之眼。

「啊！」龍耀猛的喝入一口海水，肺裡的氧氣一下子擠了出來。

「真是太弱了！」

莎利葉在海底嘟囔了一句，向著龍耀的後背猛的一拍，嗆入龍耀肺中的海水被莎利葉的掌勁震了出來。

然後，龍耀趕緊聚集起全身的靈氣，在身邊製造出一個隔水空間。這時龍耀才有心情觀察四周，見自己正處於岩層下的一個環形通道裡，看來這就是加里．科林提過的魔法陣了。

「這是用來做什麼魔法的？」龍耀問道。

「是召喚異界怪獸。」莎利葉道。

「哦！那我大概猜到加里．科林的計畫了。」龍耀的嘴角露出一絲笑意，道：「我們可以回家了，不過不要透過神隱之眼啊！」

「好吧，那就走回去吧。但你不要忘記給我買棒棒糖啊！」莎利葉道。

雖然各方面的事態都非常緊急，但龍耀已經做好了萬全的準備，成竹在胸的穩坐在家中。

接下來的兩天，龍耀一直待在書房裡，研究著那本《無字天書》。「缺一者為尊」這五個字，便成了他世界中的全部。

維琪起初還常來催促他吃飯，後來只能無奈的把飯菜端來，親手夾著餵進龍耀的嘴巴裡。就算這樣，龍耀也沒有反應，雙眼一直盯著那本殘缺的古書。

鳳夜在龍家住了三天，每天都過得非常無聊，只能抱著兔子看電視劇。她非常希望跟維琪親近一下，因為維琪的金髮太漂亮了，但維琪好像很不喜歡她，總是用凶巴巴的眼神瞪她。與之相比，莎利葉比較好相處一些，不過莎利葉的嘴巴總是忙著吃，很少有空閒來說上幾句話。

鳳夜很好奇這兩個外國女孩，為什麼會居住在龍耀的家裡。她接連詢問了莎利葉好幾次，但莎利葉每次都給出一些很奇怪的回答，比如「召喚」、「天降」、「魔法」、「克隆」之類的。

018 天海一決

農曆初七終於到了！

傍晚的天空難得露出一絲霞光，自南向西的這九十度角裡，遮天的烏雲自動散向兩側，露出彎月和夕陽同輝的景象。這應該是冰霜劍皇有意而為的，目的是提醒龍耀決鬥的時間。

紅色的光芒投射進書房，照亮了《無字天書》的書頁。

龍耀慢慢的站起身來，舒展了一下僵硬的身體，打開書桌下的一層抽屜，從中取出數千枚針灸針。

當龍耀打開書房門的時候，看到維琪正等在外面，小丫頭也換好了衣服，臉上掛著擔憂的神情。胡培培則坐在大廳裡吃著晚飯，那樣子好像是死囚在吃斷頭餐。莎利葉仍在吃棒棒糖，一副無憂無慮的樣子。

鳳夜從廚房裡笑著走出，身上穿著沈麗的試驗服，胸前繫著一條長圍裙，端著一盤糖醋鯉魚走出，道：「啊！龍耀，你終於出來了，來嚐嚐我的手藝吧！」

「嗯，好。」龍耀點了點頭，坐下吃了一口，慢慢的回味一番，道：「好手藝！只不過這刀工差了點，魚肉都被妳切碎了。」

「咦！不好意思啊！我不會用刀。」鳳夜羞愧的撓了撓頭，又問道：「你在看什麼書啊？那麼入迷。」

「《金瓶梅》。」龍耀隨口道。

「呃！」鳳夜顯然知道一點什麼，小臉蛋漲得紅通通的。

「跟妳開玩笑呢！」

「呵呵！」鳳夜尷尬的笑了起來。

「明天，妳媽就該回來了！今晚天空難得放晴，我們出去逛逛吧！」

「好啊！不過，我沒有合適的衣服啊……」

「穿上妳那件旗袍吧！」

「穿到公眾場合，會被人笑話的。」

「不會的！妳長得那麼漂亮，沒有人會笑話的。」

維琪聽到龍耀在讚揚鳳夜，便故意加重鼻音哼了一聲。不過，龍耀裝作沒聽見，道：「快點吃飯吧！今晚會很忙的。」

吃過晚飯後，龍耀五個人出門，來到天海一線峽。現在的時間是傍晚六點鐘，太陽大約在七點才會落山，這一個小時內都是「日月同輝夜」。

「天海一線」景區非常的冷清，因為大雪把道路都封了，所以普通人都待在家裡。海灘處有幾個人影在走動，龍耀辨識出他們都是玄門中人。看來劍皇的高調宣傳起了效果，吸引不少玄門中人前來觀戰。

龍耀站在觀海棧道上，眺望了一眼茫茫的大海，近海依然被黑雲籠罩著，但遠海卻閃爍著藍亮的光。

龍耀向莎利葉招了招手，在她耳邊低聲囑咐了兩句。莎利葉專注的舔著棒棒糖，臉上的表情沒有絲毫變化，只把尖俏的下巴輕輕一點。

鳳夜穿著那件鮮紅色的繡鳳旗袍，外面披著沈麗的一件厚試驗服，好奇的觀望著「天海一線」的景觀。她站立的位置剛好是西南，日月同時懸掛在她的身側，將她的身影勾勒的如同女神，脫俗和豔麗兩種風格有機的結合在一體。

觀戰的玄門中人也發現了鳳夜，在欣賞大戰之前先飽了一下眼福，有幾個年輕人甚至想上前搭訕，但被龍耀和莎利葉的氣息嚇退了回去。

「鳳夜，讓她們陪妳玩一會兒，我到前面去辦一點事。」龍耀道。

「哦！知道啦。」鳳夜並沒有太在意，注意力依然在海上。

龍耀翻身跳出觀海棧道，轉眼便來到了下方的沙灘，走向了枯林會的靈能者。嚴岩等人挺立在風雪中，面容都如石雕一般的僵硬，只有傑克遜還在嬉皮笑臉的。

龍耀沒有搭理其他人，而是直接詢問傑克遜，道：「靈種封印的怎麼樣了？」

傑克遜搖晃著舞步，道：「已經全部封印起來了，不過今晚還有最後一波。」

「今晚還有一波，難道地點就是……」

「對啊！地點就是天海一線峽。」

龍耀的目光閃爍了兩下，又望向了另一片沙灘。果然，劉重帶領著靈樹會的人，站在不遠處的一塊礁石上。

今日的天海一線峽，才稍微顯現出風景。在日月同懸的天象下，天與海交融成一條線，不知道是天匯入了海，還是海流入了天。

龍耀跳上海峽邊一塊突出的岩石，望向了站在海峽另一邊的冰霜劍皇。兩人隔著海峽對視著，中間是刻著詩的大石頭，海浪拍打岩石的聲音不絕於耳。

龍耀斜睨了一眼身後的海灘，估計那些觀戰的人聽不到談話，便道：「劍皇，關於我的戰爭計畫，妳考慮的怎麼樣了？」

冰霜劍皇沉默了一會兒，道：「我考慮了幾天幾夜，依然無法做出抉擇。」

「做大事者，不拘小節。身為劍皇，妳怎麼如此優柔寡斷？」

「如果你處於我這個位置，你一樣會變得猶豫不決。」

「不如我們用這場決鬥來決定吧！如果我贏了，妳就接受我的計畫。」

劍皇稍微愣了一下，旋即發出清脆的笑聲，「呵呵！你真以為能勝過我嗎？」

「生死之爭，我當然勝不了妳。」龍耀聳了聳肩膀，道：「不過妳已經不打算殺我了，所以我們可以比一點別的。」

「比什麼？」

「妳玩過格鬥遊戲嗎？」龍耀突然來一句無厘頭的問話。

「啊？這跟今天的決鬥有什麼關係？」

「格鬥遊戲裡的招式，威力與華麗度是成正比的。」

劍皇隔著面紗撓了撓臉頰，道：「你到底想說什麼？」

「不如我們來一場真人格鬥遊戲吧！我們以不傷害對方為前提，使用出盡量華麗的招式。」

「這又有什麼意義？」

龍耀指了指身後的觀戰者，「妳的決鬥宣傳引來這麼多人，我們總不能讓觀眾們掃興吧！」

劍皇完全不明白龍耀的目的，又道：「那怎麼評定勝負？」

「華麗的招式會引來喝彩，在日月同輝的這段時間裡，誰得到觀眾的喝彩聲多，誰就是最後的勝者。」

「啊！可是……」

劍皇的疑問還沒來得及提，龍耀便搶先一步發招了，道：「那我就先來了。」

龍耀將雙手在胸前一交叉，勾畫出一個太極的圖案，接著雙手掌根對接起來，向著劍皇推出一道靈氣。白色的靈氣帶著太極圖案，極速的衝擊向劍皇前心。

劍皇本能的運起真氣，一掌劈碎了太極圖案，但掌勁落下之後，她才發現太極圖只有聲勢，根本沒有夾雜一點威力。而龍耀這中看不中用的一招，顯然引來了觀眾的興趣，稀稀落落的傳來了喝彩聲。

「這……好吧！那我也來。」

劍皇從來沒有幹過這種事，只好模仿著龍耀的樣子，反擊出了一柄巨大冰劍。龍耀十分配合的做出防禦姿勢，而且還表現出非常吃力的樣子。

這一次，觀眾的喝彩聲更大了。

劍皇眺望著那些觀眾，有些不悅的說道：「哼！一群飯桶只知道看熱鬧，連假打也看不出來。」

「這也不能怪他們，畢竟距離有些遠，而且天色也很暗。」龍耀解釋道。

「我覺得這好可笑。」

「一點也不可笑，再來演幾招吧！」龍耀做出了進攻姿勢，道：「過會妳就知道原因了。」

龍耀猛的躍到半空中，使出了「一氣化三清」，身子突然分成兩個，分左右襲向劍皇。劍皇只好配合著跳起來，同時一劍砍向假身。

兩人交換了站立的位置，然後又一次躍到空中對拚，並且時不時放出幾道光芒。「天海一線」上方的天空，閃過一道道的亮光，好像在燃放禮花一般。

鳳夜遠遠的眺望著那一片海域，欣喜的問道：「有慶典嗎？」

「嗯！嗯！」胡培培隨意應了一聲，雙手緊緊的攥著扶欄，手心已經被汗濡濕了。

維琪瞪圓了藍色的大眼睛，牙齒輕輕的咬在手背上，每當看到一道亮光閃過，身體就會不由自主的顫抖。

只有莎利葉知道幕後的真相，依然一臉悠然的舔著棒棒糖，絲毫沒有在意海上的「激戰」。

在離「天海一線」不遠的公館裡，加里．科林和卡穆斯坐在涼亭中，正在品嘗著皇室特供的紅茶，欣賞著龍耀和劍皇的決戰。

「哈哈！龍耀還打得真賣力啊！」卡穆斯笑道。

「龍耀竟然能與劍皇平分秋色，這情形似乎有點不尋常啊！」加里．科林多疑的性格又展現了出來。

「哈哈！肯定是劍皇有意讓他，畢竟劍皇是一代宗師，哪能一出手就用全力，那豈不是要惹人笑話嘛！」卡穆斯自以為是的道。

加里．科林還有所懷疑，但見老師的話如此肯定，也沒有辦法再說什麼了。

龍耀和劍皇表演了四十多分鐘，兩人得到的喝彩數量差不多。冰霜劍皇自小便是天才，無論參加哪方面的比賽，至今都保持著全勝的戰績。今天的比試雖然非常奇怪，但與龍耀卻是棋逢對手。

劍皇漸漸的有點入戲了，好勝心讓她使出很多奇招。龍耀嘴角含著一絲笑意，覺得這種發展相當不錯。

冰霜劍皇突然飛躍到半空中，雙手向著身側平舉起來，手心中放出巨大的引力。海峽中的水花四處飛濺，兩道海浪被她捲入了手中。劍皇抓住兩條海浪一揑，海浪分裂成無數水花，像是天女散花一般飄舞著。

「秋水三尺，飛霜傲雪。」劍皇輕吟了一聲偈語，浪花瞬間化成萬柄冰劍。冰劍懸浮在劍皇的身旁，繞著她緩緩的旋轉著。

龍耀看了一眼西方的地平線，見夕陽只剩下一條紅色的邊緣，決勝負的最後時刻終於到了，便也使出非常誇張的一招——他同時抖出袖中的數千枚針，用龍涎絲將所有的針穿梭起來，在半空中交織出一張方格網。

「天六地五，經天緯地。」龍耀隨口胡扯了一個偈語，也將千枚針灸針飛捲在身旁。

然後，兩人一同飛躍到「天海一線」的上方，在半空中將針灸針和冰劍對擊。針灸針與冰劍激烈的對撞在一起，就像質子對撞機中的高能衝擊一般，在天空中迸射出讓觀戰者駭然的光芒。每一道對撞過後，都會釋放衝擊波。無數的衝擊波襲捲向地面，引得海峽中的潮水狂湧不止，兩岸岩石也跟著爆碎飛濺，甚至有的衝擊波直接飛向遠處的海灘，將觀戰者身旁的礁石炸成餅乾似的碎塊。

觀戰者發出了巨大的呼聲，也不知道是為戰況喝彩，還是為自己的安危恐慌。

龍耀見氣氛已經被炒到了高潮，便假意出現體力不支的情況，在針灸針上製造了一個缺口，故意讓冰劍打中自己的前心。

「啊——」龍耀「慘」叫了一聲，頭朝下栽進了海水中。

冰霜劍皇的玩興正盛，剛準備表演「一劍萬化」的絕技，卻突然看到龍耀栽了下去，而且嘴角還帶著微笑。

劍皇懸浮在風雪飄舞的半空中，突然有一種悵然若失的感覺。

海灘上傳來熱烈的喝彩聲，顯然觀戰者都認為決鬥順利結束了，而決鬥的結果也跟他們預計的一樣。但就在觀戰者的神經放鬆的剎那間，忽然十條龍涎絲從海面下射出，捲動著海水組成巨龍的形狀，一口將劍皇吞噬進了龍嘴中！

這招正是龍耀的「袖裡藏龍」，他竟在海底突然使出這一招。

劍皇稍微愣了一秒鐘，便被水龍帶入海中。而這一幕出現的太過突然，令觀戰者全都愕然無語。

維琪的眼淚「刷」的一下流了出來，悲傷的想要翻過柵欄撲到海中去。但莎利葉卻突然拽住她的衣領，道：「龍耀讓我轉告妳和胡培培，他在科林公館的後門處等妳們。」

「咦！」維琪和胡培培都愣住了。

「還不快去？」

兩女疑惑的對視了一眼，轉身便奔向公館後門。

鳳夜疑惑的看著兩女跑遠，道：「我們不一起去嗎？」

「不！我們去前門。」

「啊？為什麼啊？」

「這是龍耀的安排。」莎利葉道。

另一方面，卡穆斯和加里・科林也看到了最後決戰的一幕，兩人都不自覺的興奮起來。

「哈哈！真是天助我也。」卡穆斯大笑著。

「老師，他們兩人都死了嗎？」加里・科林問道。

「哈哈！怎麼可能啊？以劍皇的修為，不會因一次偷襲就死的，不過重傷是在所難免的了。」

「那我們要發動魔法陣嗎？」

「哈哈！當然是馬上發動了，給劍皇補上最後一擊。」卡穆斯低頭咬破了食指，將血塗在《最終遺言》上。

封面上的金色骷髏頭雙眼一亮，黑魔法的氣息瘋狂湧動起來。《最終遺言》懸浮在卡穆斯身前，書頁快速的翻動，然後停在中間的某一頁。

「沉睡千年的深海之王，飢餓貪婪的千口之王，甦醒的時刻終於來到了……」卡穆斯高唱著古怪的咒語，遠處的海上掀起了風浪。

忽然，海底岩層下的魔法陣匯入了能量，向著海底深處發出了召喚信號，一團如沉船般巨大的黑影出現在海中。

黑影的上浮速度雖然很慢，但移動的氣勢十分驚人，海中不斷的掀起狂浪，周圍的岩石一起粉碎。

終於，黑影在天海一線峽中現出了真容，竟然是一隻一百多米高的巨大章魚。而且這頭「章魚」跟普通章魚極為不同，牠生長著一百多條粗大的觸手，每條觸手的末端都有一張嘴，嘴裡生長著鯊魚般的多層尖牙。

千口之王在海峽中瘋狂搖擺著，想要吞噬掉用於召喚牠的祭品，但卻感覺不到祭品的位置了。千口之王的手和嘴雖然多，但腦細胞卻十分的缺乏，搖晃著觸手愣了約半分鐘，猛的撲向了最近的海灘，向那些觀戰的玄門人士發動了攻擊。

觀戰者還都處在看熱鬧的興奮中，以為大章魚也是決鬥的一部分，可還沒有來得及喝彩叫好，就有幾名站得靠前的人被抓走了。

「啊！大章魚失控了！」

觀戰者發出了呼喊，有的調頭就向後逃，有的則正面硬拚起來。

在這個時候，海峽下方的一座礁石洞中，召喚大章魚的祭品正躲在裡面。劍皇和龍耀用靈氣逼開海水，在洞中建造了一個暫時的避難所。

「這是怎麼回事？」劍皇看著洞外的大章魚道。

「是卡穆斯的召喚獸，想要將妳吞噬掉。」龍耀道。

「咦？為什麼？」

「因為他想趁機掀起戰爭。」

「那豈不是跟你的計畫一樣？」

「是的！手段雖然是一樣，但目的卻是相反的。我的目的是重建新秩序，他的目的則是加固舊秩序。」龍耀斜睨了劍皇一眼，道：「然而，我和妳的手段雖然相反，可目的卻是一樣的。妳打算怎麼選擇？」

劍皇的秀眉皺了起來，道：「看來戰爭是不可避免了，就算在此把你殺掉，卡穆斯照樣會想辦法發動戰爭。」

「是的！與其讓敵人發動，不如我們來發動。」

劍皇又猶豫了一下，最終才狠下心來，道：「好！我支持你發動戰爭，不過我有一個條件。」

龍耀強壓著心頭的狂喜，道：「妳說。」

「戰爭必須在可控制的範圍內，不能讓它傷及到無辜平民。」

龍耀終於露出笑容，雙手拍在了劍皇肩上，道：「妳跟我想的一樣！有妳的加入，以妳的實力配合我的智慧，一定可以控制戰爭進程的。」

艱難的選擇終於有了結果，劍皇也露出了會心的笑容，但俏臉馬上又緊繃起來，一把將龍耀的手推開，道：「別沒大沒小的，不要失了禮節。」

「啊！對了，既然我們已經是夥伴了，那妳得展示一下真實身分。」龍耀道。

「這以後再說吧……」

劍皇明顯還想留有一些餘地，但龍耀不打算給她這個機會。

「其實妳不用說，我也大約知道。我先前潛入過科林公館，在三樓裡發現了一個衣櫃。」龍耀露出一抹壞笑，道：「不過妳放心！我沒有趁機偷妳的內褲。」

「啊！下流！」冰霜劍皇下意識的伸手去打，但卻看到龍耀的眼神一凜，突然意識到自己暴露了。

「哼！那個衣櫃果然是妳的。我只是看過衣服的尺寸，見與妳的身材相當，所以才拿話試探妳。」龍耀的臉上一派嚴肅的表情，道：「看來妳在魔法協會中的地位很高，連加里．科林都要特別優待妳。妳最好把真實身分告訴我，以方便我擬定完美的計畫。」

「好吧！」劍皇幽幽的吐出一口氣，摘下了掛著面紗的雪笠，露出一張讓龍耀驚訝的臉。

「白冰？」龍耀驚訝的叫道。

眼前的劍皇的確就像是長大後的白冰，潔白如雪的銀髮，銳利如刀的眉毛，亮如寶石的雙瞳，單薄冷冽的嘴唇，全身透露著濃郁的北歐風格。

「我和白冰的瞳色不同。」劍皇指了指眼睛，瞳孔是灰藍色的，就像北歐的天空，而白冰卻是紅色的。

「難道妳是白冰的姐姐？」

「錯了！我是她的媽媽。」

「一點也看不出來，王后您好年輕啊！」

劍皇露出一抹微笑，道：「又錯了！我不是王后，而是維京女皇——葉卡琳娜三世，同時我還是魔法協會的高階魔法師。」

「啊！」

就在龍耀處於震驚之中時，忽然手機鈴聲響了起來。龍耀把手機高高的舉起，搖晃著找到信號最好的方位，才道：「媽，又想向我炫耀大龍蝦嗎？」

「不是啊！這次是有正事，我想知道將來的兒媳婦是誰。」沈麗在另一邊道。

「搞什麼啊！說得跟遺言似的。」

「這就是遺言啊！我們的遊輪正在返航，卻突然遇到了巨浪。我覺得這艘船馬上就要沉了，那名外國同學已經落水失蹤了，我們大家正準備下水搜尋呢！」沈麗傷心的道。

「我沒有事。」劍皇突然插了一句嘴。

沉默了兩秒鐘後，沈麗突然大叫起來：「葉卡琳娜，妳怎麼跟我兒子在一起？」

龍耀驚訝的扭過頭來，道：「妳是我媽的同學？」

「那艘遊輪就是我的私有財產。」劍皇看了看龍耀大張的嘴巴，又道：「你可以叫我姨媽。」

「啊？啊？啊？姨媽？」

「嗯！乖！」

龍耀晃了晃腦袋，對著手機說道：「媽，妳不會有事的，海浪馬上就停了。」

龍耀掛掉了手機，看向洞外的海域。大章魚搖晃著觸手，還在奮力攪動海水，滔滔的巨浪襲向了外海。

「我們必須阻止那隻大章魚，否則我媽媽真的回不來了。」龍耀道。

「既然章魚是卡穆斯召喚的，那就只能去殺掉卡穆斯了。」劍皇道。

「我同意妳的建議，我們出發吧！」

龍耀與劍皇兩人用靈氣逼開海水，快速的游到海岸上，轉眼便奔到了公館前。莎利葉坐在公館前的臺階上，仍然一臉悠閒的舔著棒棒糖。

鳳夜看到龍耀和劍皇走近，便驚訝的問道：「龍耀，你怎麼和葉卡琳娜姨媽在一起啊？」

莎利葉的動作一下子僵住了，道：「什麼情況啊？」

龍耀靠到她的耳邊，道：「我媽、劍皇和鳳夜的媽媽，三人是大學同學。」

「啊！那是一所專門招收怪物的學校嗎？」莎利葉搖了搖頭，道：「這三個女人在一起，會引出多少事端啊！」

「現在不是說這事的時候，必須馬上除掉卡穆斯。」龍耀道。

「你打算怎麼做？」

龍耀看向了鳳夜，道：「妳媽媽在海上遇難了，妳願不願意幫她脫險？」

「啊！那我要怎麼做？」鳳夜焦急的問道。

「讓妳媽媽陷入危險的人，就躲藏在這座公館裡面，趕緊進去阻止他們吧！」龍耀向莎利葉遞了一個眼色，後者會意的向鳳夜發出了邪眼。

一瞬間，周圍的氣息變得詭異，騰騰的殺氣翻湧起來。

轉換成第二人格後的鳳夜，猛的拔出匕首向著前方一劃。匕首的刀刃上帶著一絲紅色的靈氣，瞬間便將厚重的鐵門削成二十七塊。

鳳夜反手倒握著匕首，「噌」的一聲躥進門內，接著裡面發出一陣爆碎聲。

劍皇望著鳳夜的背影，道：「真像啊！二十年前，她媽媽有時也會這樣發飆。」

「啊！這是遺傳嗎？」龍耀驚訝的道。

「難道你還不知道其中的原理？」

龍耀搖了搖頭，道：「這還有原理嗎？」

「這種現象叫做『血脈覺醒』，有些人的祖上是玄門高手，血液中便會遺傳一些異能。絕大多數的情況下，這些異能是不會覺醒的，但也有少數像『鳳夜』這種情況的。」劍皇邁步進入門內，道：「另外告訴你一聲，白冰也有『血脈覺醒』，所以不要把她逼急了。」

「我會留意的。」龍耀道。

鳳夜如疾風似的一路向前衝鋒，轉眼便斬死了大部分的召喚物，最後與無頭騎士對拚在一起。無頭騎士藉助超強的恢復力，一次又一次的從塵土中站起來，但是鳳夜的刀速實在是太快了，每一次都是瞬間斬翻無頭騎士。

兩人站在空地上無限循環的斬殺著，很快便耗掉了卡穆斯大量的魔力。

「哈哈！看來我們中了龍耀的計，趕緊逃離這兒吧！」卡穆斯在後院苦笑著道。

「是的！老師，我已經準備好了。」加里．科林開來了一輛加長林肯車，將葉晴雲強行丟在車子中。他倒不是想讓她給卡穆斯抓回去當老婆，而是希望能在危機時刻當人質使用。

林肯車猛的撞碎了後門，衝向直通市區的路。但加里．科林沒有注意到，剛才出門的時候撞到人了。

胡培培和維琪在後門處焦急的等待著，忽然見一輛林肯車橫衝直撞的駛來，胡培培一把推開維琪，自己卻被輾在了車輪下面。

被輾得身體變形的胡培培，生氣的把手伸進了傳動軸裡，「碰」的一聲卡住了車輪。加里．

科林覺得汽車一震，接著便一頭撞在了路邊的交通牌上，那牌子上畫著限速七十公里的標誌。

腦袋被壓扁的胡培培，像是女鬼似的爬到車窗上，雙手抓起了那根交通牌，猛的砸碎了車窗玻璃，道：「你剛才超速了！」

「培培，救我啊！」葉晴雲大叫道。

「班長，妳不要怕，我拉妳出來。」胡培培大叫道。

卡穆斯看到新娘要逃跑了，雖然體內的魔力已近空虛，但還是強行打開《最終遺言》，可沒等他讀出咒語，忽然一條紅色的刀軌劃過！

鳳夜一閃而過，站在了車前方。與此同時，汽車整齊的裂開了，《最終遺言》被斬成兩半，卡穆斯的一隻手臂也飛了起來。

「哈哈！可惡……」卡穆斯抓緊半本《最終遺言》，仍然想要把咒語讀完。

葉晴雲被逼到了絕路上，只能無奈的彈起右手，道：「一彈指千年。」

「嗖」的一聲嘯響過後，卡穆斯迅速衰老下去，真的變成一百八十歲了。

加里．科林沒有搭理卡穆斯，而是直接撿起下半本《最終遺言》，又伸手從卡穆斯的手中奪走上半本。

但這個時候，龍耀已經追了上來，彈出一條龍涎絲，將上半本書奪到了手中。

加里．科林和龍耀對視著，兩人各拿了半本《最終遺言》。現在加里．科林已經四面楚歌，但他還是保持著一貫的冷靜。

「龍耀，我們來做一個交易吧！你不是一直想保護城市嗎？那把下半本書交給我，我來幫你封印千口之王。」加里．科林道。

「加里．科林，我們的確要做一個交易，不過交易的內容是用封印大章魚，來換取你的小命。」龍耀冷冷的道。

「那你手中的半本《最終遺言》呢？」

「它將有一個新主人。」龍耀將書向後扔，落到了維琪的手中。

維琪驚慌的將書捧進懷裡，半本書發出一陣輕震，黑色的魔氣逐漸退去，竟然變成黃金般的顏色，看來它很滿意維琪的魔力。

加里．科林氣得牙關咬緊，翻開自己手中的半本書，快速的唸動了一個咒語。這時，天海一線峽上出現了一個法陣，旋轉著將千口之王吸進了異界。

龍耀向加里．科林揮了揮手，道：「滾吧！我期待下一次交手時，你能有更完美的計畫。」

加里．科林瞪了一眼龍耀，轉身向著繁華的市區逃去。

維琪小心翼翼的抱著《最終遺言》，問道：「哥哥，為什麼不殺掉他？」

「殺掉一個加里．科林，照樣會有減里．科林、乘里．科林，魔法協會會不斷派出人來。」

龍耀雙手抄在胸前，道：「所以，我還不如一直留著加里．科林，至少他是一名我所瞭解的對手，比對付一個陌生人要方便很多。」

冰霜劍皇的俏臉上露出一絲笑，以欣賞的口氣說道：「龍耀，你果然有智者風範。」

維琪看到面似白冰的劍皇，緊張的抓住了龍耀的衣袖，道：「哥哥，這女人又是誰啊？不會是你的新女朋友吧？」

「胡說什麼呢！她是我姨媽。」

「啊——」維琪、葉晴雲、胡培培一起發出了驚嘆。

「我們去迎接媽媽歸來吧，順便到海邊去看看日出。」龍耀邁步走向了大海，吹拂著清爽的海風，道：「今夜過後，舊世界將會滅亡，新世界將會誕生。」

葉卡琳娜、莎利葉、維琪、葉晴雲、胡培培，還有甦醒過來的鳳夜，一同走在金黃色的沙灘上。

靈能之森04天海一決　完

《靈能之森》第三集勘誤表——

一、第三集冊名為「天機初現」，實體書內頁書眉錯誤，在此更正。

二、第三集實體書236頁內文：「張鳴啟憤怒得兩眼充血，猛的揮出手中的密碼箱，一道凜冽的劍氣射了出去。莎利葉從船內跳了出來，雙手旋動死神鐮刀將劍氣打散。林雨婷和胡培培也踏出船艙，面容嚴肅的站到了龍耀身後。」此句的「林雨婷」應為「葉晴雲」，在此更正。

感謝讀者指正，編輯部會加強檢查，避免錯誤再次發生。

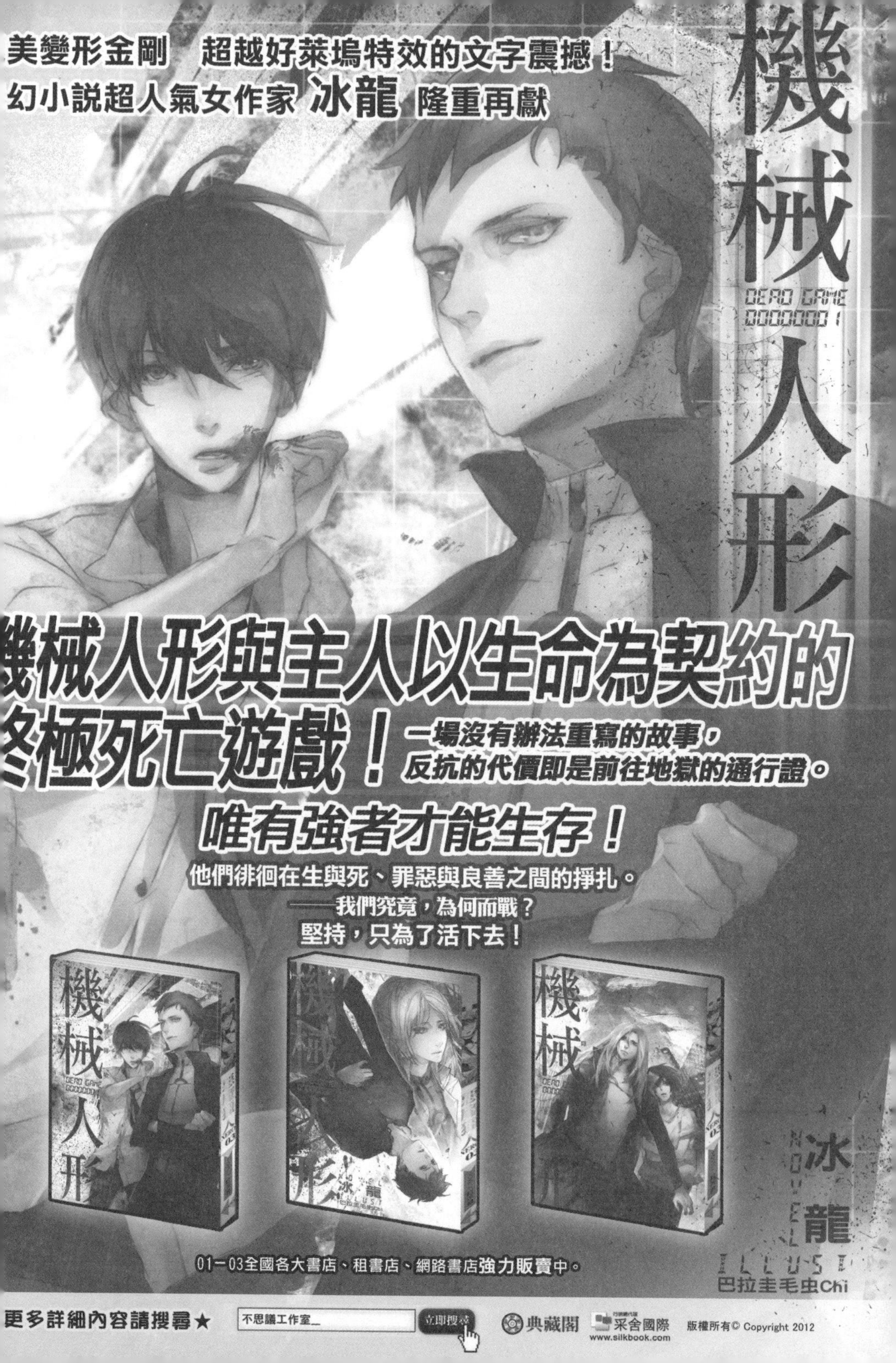

美變形金剛　超越好萊塢特效的文字震撼！
幻小說超人氣女作家 冰龍 隆重再獻
機械人形
DEAD GAME
00000001
機械人形與主人以生命為契約的
終極死亡遊戲！
一場沒有辦法重寫的故事，
反抗的代價即是前往地獄的通行證。
唯有強者才能生存！
他們徘徊在生與死、罪惡與良善之間的掙扎。
——我們究竟，為何而戰？
堅持，只為了活下去！
01－03全國各大書店、租書店、網路書店強力販賣中。
NOVEL 冰龍
ILLUST 巴拉圭毛虫Chi
更多詳細內容請搜尋★
不思議工作室
立即搜尋
典藏閣
采舍國際
www.silkbook.com
版權所有© Copyright 2012

靈能之森/ 七夜茶作. -- 初版. --新北市：
華文網，2012.01-
冊； 公分. --(飛小說系列)
ISBN 978-986-271-224-5(第4冊：平裝). ---

857.7 100026213

靈能之森

04 天海一決

without destruction
there can be no construction

七夜茶×嵐月

飛小說系列026

靈能之森04-天海一決

出版者■典藏閣
作　者■七夜茶
繪　者■嵐月
總編輯■歐綾纖
製作團隊■不思議工作室
郵撥帳號■50017206 采舍國際有限公司（郵撥購買，請另付一成郵資）
台灣出版中心■新北市中和區中山路2段366巷10號10樓
電　話■(02) 2248-7896　傳　真■(02) 2248-7758
物流中心■新北市中和區中山路2段366巷10號3樓
電　話■(02) 8245-8786　傳　真■(02) 8245-8718
ISBN■978-986-271-224-5
出版日期■2012年6月

全球華文國際市場總代理／采舍國際
地　址■新北市中和區中山路2段366巷10號3樓
電　話■(02) 8245-8786　傳　真■(02) 8245-8718

新絲路網路書店
地　址■新北市中和區中山路2段366巷10號10樓
網　址■www.silkbook.com
電　話■(02) 8245-9896
傳　真■(02) 8245-8819

☞**您在什麼地方購買本書？**☜

□便利商店＿＿＿＿＿□博客來　□金石堂　□金石堂網路書店　□新絲路網路書店

□其他網路平台＿＿＿＿＿□書店＿＿＿＿＿市／縣＿＿＿＿＿書店

姓名：＿＿＿＿＿地址：＿＿＿＿＿＿＿＿＿＿＿＿＿＿＿＿＿＿＿＿＿＿＿

聯絡電話：＿＿＿＿＿電子郵箱：＿＿＿＿＿＿＿＿＿＿＿＿＿＿＿＿＿＿＿

您的性別：□男　□女

您的生日：＿＿＿＿＿年＿＿＿＿＿月＿＿＿＿＿日

（請務必填妥基本資料，以利贈品寄送）

您的職業：□上班族　□學生　□服務業　□軍警公教　□資訊業　□娛樂相關產業

□自由業　□其他＿＿＿＿＿

您的學歷：□高中（含高中以下）　□專科、大學　□研究所以上

☞**購買前**☜

您從何處得知本書：□逛書店　□網路廣告（網站：＿＿＿＿＿＿＿）　□親友介紹

（可複選）　□出版書訊　□銷售人員推薦　□其他

本書吸引您的原因：□書名很好　□封面精美　□書腰文字　□封底文字　□欣賞作家

（可複選）　□喜歡畫家　□價格合理　□題材有趣　□廣告印象深刻

□其他＿＿＿＿＿＿＿＿＿

☞**購買後**☜

您滿意的部份：□書名　□封面　□故事內容　□版面編排　□價格　□贈品

（可複選）　□其他

不滿意的部份：□書名　□封面　□故事內容　□版面編排　□價格　□贈品

（可複選）　□其他

您對本書以及典藏閣的建議＿＿＿＿＿＿＿＿＿＿＿＿＿＿＿＿＿＿＿＿＿＿

＿＿＿＿＿＿＿＿＿＿＿＿＿＿＿＿＿＿＿＿＿＿＿＿＿＿＿＿＿＿＿＿＿＿

＿＿＿＿＿＿＿＿＿＿＿＿＿＿＿＿＿＿＿＿＿＿＿＿＿＿＿＿＿＿＿＿＿＿

✌未來您是否願意收到相關書訊？□是　□否

✍**感謝您寶貴的意見**✍

✌From＿＿＿＿＿＿＿＿＿＿＿@＿＿＿＿＿＿＿＿＿＿＿＿＿＿＿＿

♦請務必填寫有效e-mail郵箱，以利通知相關訊息，謝謝♦

印刷品

請貼
3.5元
郵票

$3.5

235　新北市中和區中山路二段366巷10號10樓

華文網出版集團　收

（典藏閣－不思議工作室）

靈能之森
04 天海一決
without destruction
there can be no construction
七夜茶×嵐月